당신의 인생에도
꽃은 핍니다

당신의 인생에도
꽃은 핍니다

초판 1쇄 인쇄 | 2023년 9월 15일
초판 1쇄 발행 | 2023년 9월 22일

지은이 | 김진혁
펴낸이 | 박영욱
펴낸곳 | 깊은나무

주 소 | 서울시 마포구 월드컵로 14길 62
이메일 | bookocean@naver.com
네이버포스트 | post.naver.com/bookocean
페이스북 | facebook.com/bookocean.book
인스타그램 | instagram.com/bookocean777
유튜브 | 쏠쏠TV·쏠쏠라이프TV
전 화 | 편집문의: 02-325-9172 영업문의: 02-322-6709
팩 스 | 02-3143-3964

출판신고번호 | 제 2013-000006호

ISBN 979-11-91979-44-2 (03810)

당신을 행복하게 해줄 100가지 이야기

당신의 인생에도 꽃은 핍니다

김진혁 지음

깊은나무

머리말

멈추고,
성찰하고,
행복하라

인생 칠십 고래희(人生七十古來稀)

두보의 〈곡강(曲江)〉 마지막 구절에 나오는 말로 나이 칠십까지 사는 것이 희박하다는 의미다. 이 나이쯤 되면 탐욕, 비교의식에서 벗어나 마음이 시키는 대로 해도 법도에 어긋나지 않는 종심 나이이다. 하지만 불안, 초조가 여전하기에 부끄럽다. 사람은 쉽게 변하지 않은 존재다. 마음만 청춘이고 탐심의 발톱은 숨긴 채 게으름의 악습이 고쳐지지 않는다. 사회에 빚진 자로서 인생의 마지막 순간에 행복한 고백과 조막손의 지혜를 보태고 싶다. 그동안 생존경쟁에 내몰려 지성과 이성의 감옥에 있던 자신에게 물었다. "너는 무엇을 이바지하겠는가?" 작은 예의지만 "글로 답하겠습니다."

덤벼라! 세상아! 어떤 운명에도 굴복하지 않기를

현실이 어려워도 희망의 작은 불씨를 가슴 한구석 증표로 남겨둬야 한다. 문제는 목적지에 얼마나 빨리 도달하느냐가 아니라 그 목적지가 어디냐는 것이다. 불행이 내 운명이 아니듯 나 역시 시시한 운명이 아니다. 거친 인생 바다를 건너는 두려움, 빗발치는 위험과 도전, 쏟아지는 눈보라도 가뿐히 막아내는 온전한 존재가 아닌가? 시시하게 살다 의미 없이 죽지 않으리! 길이 없다고 길이 사라진 것은 아니다. 끊어진 그곳에서 새로운 희망의 별을 본다. 진리를 찾아 떠나는 여행길에 한 가지 생각보다 더 위험한 것은 없다. 삶의 균형과 용기 그리고 겸손한 실천이 필요하다. 끈질긴 생명력과 따뜻하고 향기로운 '유레카'를 외쳤으면 한다.

난해한 논리는 걷어내고, 인문학과 아포리즘(aphorism), 그냥 넘기기 아쉬운 글, 머릿속에 그림이 그려지는 재미있는 글을 모았다. 우둔한 필력으로 지혜의 속살을 시원하게 풀어내지 못한 아쉬움이 남지만, 머리에서 가슴까지 내려오는 시간을 단축하고, 마흔 너머부터 흔들리는 마음과 하늘의 뜻을 알고 되돌아보는 계기가 되었으면 하는 바람이다.

이 책을 쓴 목적은 첫째, 절망의 환경을 딛고 행복과 성공의 삶을 추구하기 위한 효과적인 방법을 나누고 싶었다. 둘째, 삶의 가치와 의미를 잃어버린 분들께 회복과 위안을 드리며 셋째, 놓친 꿈과 희망을 되찾는 영적 양분을 드리고 싶다.

덕분에 지식이 아닌 지혜, 단순한 위로보다 공감, 더불어 사는 삶, 행복 연습, 작은 감동, 에피소드, 철학이 담긴 우화 등을 담은 이 이야기를 읽는 즐거움을 누렸다.

이 책은 총 다섯 파트로 구성되었는데, 1부는 뷰카 시대의 미래, 인생의 의미. 카르페 디엠, 워라벨, 명품 인생 등을 살펴보았고, 2부에서는 긍정적인 삶을 위한 태도에 관한 이야기, 3부에서는 돈으로부터 자유롭기 위한 전략, 돈 공부, 은퇴 전략 등을 찾았다. 4부에서는 인생 공부법, 행복과 성공, 행복 연습, 역지사지의 사례를 찾았고, 5부에서는 품위 있는 죽음, 웰다잉, 건강한 노후 등을 고찰했다.

행복 동행자! 쫄지 말고

우린 모두 죽음을 향해 나가는 지구 여행가. 태어난 것도 귀하고, 본향에 돌아가는 길 역시 아름답게 마무리되어야 한다. 지적인 활동은 생각의 산물이지만 그것의 노예가 되고 싶진 않다. 행복의 길은 그리 거창하지 않다. 각자의 의무를 성실하게 수행하고, 자기가 좋아하고 잘할 수 있는 일을 할 때 가장 행복하다. 과거의 후회와 미래의 걱정을 붙들어 매고, 매 순간 즐기며 의미 있게 살자. 삶에서 마주치는 실존적 고통에서 벗어나 행복과 성공의 주인공이 되자. 다른 사람들의 눈치를 보거나 따라 해서는 참된 영혼이 깃들 수 없다. 폭넓은 인생 경험과 통찰력으로 넓고 얕지만, 깊은 지혜와 위로를 전한다. 아름답고 품위 있는 행복의 길로 나아가자.

"감사하고 기도하고 사랑하라."

차례

1장. 가슴 뛰는 인생

2장. 인생의 태도

3장. 돈 공부

4장. 행복은 어디서 오는가?

5장. 인생에 나중은 없다

1장

가슴 뛰는 인생

애초 만들어진 길은 없다.
세월과 아쉬움이 남긴 흔적일 뿐,
가야 할 길들은 서로 다투지 않는다.

어제는 이미 지났고 내일을 알 수 없다.
오늘 가야만 하는 길이라면
나만의 방향과 속도로 담대하게 걷는다.

알아주지 않고, 발자취가 적고, 한숨 쉬는 순간도 삶을 채워가는 귀중한 시간이다.

지금 여기 하나뿐인 우리는 명품이다. '인생은 가까이서 보면 비극이지만 멀리서 보면 희극이다'라는 찰리 채플린의 말에 공감한다. 나만 슬픔과 괴로움이 있다는 것은 착각이다. 인생은 실패의 값을 지급하고 경험의 대가로 얻는 전쟁터와 같다. 인내의 밭에 실패의 경험을 심을 때 행복의 열매가 맺는다. 인생의 성공은 실수하지 않는 것에 있지 않고 같은 실수를 반복하지 않는 것이다. 자신의 정체와 존재의 가치를 아는 삶이 멋지지 않은가? 살아서는 품격 있고, 죽어서는 향기의 지혜를 남기자. 내가 능히 이기리라!

01
뷰카 시대의 대전환에서 살아남기

미국 남서부 항구도시에 갈매기들이 떼 지어 죽는 일이 발생하였다. 통조림 사업자들에게는 충격적 사건이었다. 그곳은 청정지역임을 내세워 왔는데, 만일 갈매기들이 오염된 물고기를 먹고 죽었다면 판로가 막히기 때문이었다. 시 당국의 조사 결과 갈매기가 바다의 오염 때문에 죽은 것이 아니라 굶어 죽었다는 사실을 밝혀냈다. 그전까지는 물고기를 가공할 때 머리, 꼬리 등 부산물을 바다에 버렸지만, 수입을 늘리기 위해 머리와 꼬리를 가축용 사료로 가공했다. 갈매기들은 바다에 버려지는 물고기 부산물을 먹을 수 있어 스스로 먹이를 구할 필요가 없었다. 공짜만 바라던 갈매기들이 부산물을 기다리다 굶어 죽은 것이다.

요즘을 문명사적 대전환의 시대, 차가운 이성과 따뜻한 공감 모두를 요구하는 뷰카 시대라고 한다. 뷰카 시대란 변동성(Volatility), 불확실성(Uncertainty), 복잡성(Complexity), 모호함(Ambiguity)의 영문 머리글자를 딴 신조어다.

뷰카 시대의 최종 목표는 지속 가능한 발전이다. 생존하기 위해서는 조직이나 개인 모두 협업과 빠른 정보 공유, 혁신이 뒷받침되어야 한다. 자동차의 선택 기준도 성능에서 디자인과 인포테인먼트 서비스로 바뀌었다.

AI로 인한 직업의 변화

경기 침체, 챗봇 GPT(Generated Pre-trained Transformer), 노인 인구 증가, 과학기술 급성장 등으로 직업 변화가 예상된다. 인공지능은 노무직, 사무직을 넘어 전문직, 감정과 예술 분야까지 진입하여 직장을 위협하고 있다. 메타는 최근 1년 사이에 2만 명 해고를 단행했고, 아마존도 매출 둔화와 드론 배송을 시작하면서 1만 명을 정리해고했다. 조만간 자율자동차는 운전자와 정비사, 보험사 종사자들의 일자리를 빼앗을 것이다. 글로벌 기업의 독식 및 고용 시장의 양극화는 중산층의 경제적 지위를 불안정하게 만들고 있다.

인기 트로트 가수들의 회당 출연료가 2,000만 원을 상회하지만, 성악가들은 열정페이만을 받는 세상이 공전한다. 문화예술, 스포츠계처럼 소수의 재능있는 엘리트들이 큰 보상을 받고, 다수는 평균 또는 그 이하의 소득을 얻는다. 이런 슈퍼스타 시스템이 다양한 직종으로 확산되면서 미국의 경제학자 타일러코웬(Tyler Cowen)은 "평균의 시대는 끝났다"고 분석했다.

현실 공간에서도 사람을 대신하는 아바타가 작동한다. 산업현장은 디지털 트윈으로 제조 공정의 스마트화로 지형을 바꿨다. 세계 로봇 시장은 2010년 97.2억 달러에서 2015년 161.2억 달러를 거쳐 2020년 229.8억 달러까지 확대되었다. 로봇은 용접, 도장, 무거운 자재 운반, 소형 부품 조립 등으로 제조 현장의 생산성 증대를 가져왔다. 아마존은 운송 로봇 키바(Kiva)가 물류를 담당하고, GE는 풍력 발전기의 기둥과 날개의 점검에 기어오르는 기능을 가진 로봇이 대신하고 있다. 호주의 탄광 회사인 리오 틴토(Rio Tinto)는 로봇이 2008년부터 광산에서 철광석을 채굴하고 운반까지 한다. 일론 머스크가 세운 오픈AI가 개발한 인공지능(AI) 기반 대화형 메신저(챗봇) '챗GPT'는 질문이나 요구사항을 입력하면 전문가 수준의 답변을 내놓고, 뉴스 기사

및 보고서를 작성한다. 구글의 검색 기능을 대체할 가능성도 내비친다.

인공 저널리즘이 기자를 대신해서 신문 기사를 쓰고, 알고리즘으로 기업 실적 분석 정보를 제공한다. IBM의 인공지능인 왓슨(Watson)은 환자의 상태를 파악하고 의심 질환들과 관련 연구 결과들을 제시한다. 미국의 블랙스톤 디스커버리(Blackstone Discovery)사는 150만 건의 서류를 기초로 법무 자료 조사를 대행한다. 향후 인간과 기계가 협업하면서 시너지 효과를 기대할 수 있는 분야가 많아질 것이다. 인공지능의 지성 모방은 쉽지 않지만, 미국의 경제학자 타일러 코웬 교수는 인공지능이 '인간보다 열등 → 인간과 동등 → 인간을 보조 → 인간을 대체'하는 4단계 과정을 거치며 진화할 것이라고 예상했다.

미국의 유명한 로봇 공학자 한스 모라벡은 "인간에게는 어려운 일이 로봇에게는 쉽고, 인간에게 쉬운 일이 로봇에게는 어렵다"고 인간과 로봇의 협업 시대가 열릴 거라고 진단했다. 인공지능의 방대한 정보 처리량, 빠른 연산력 등과 인간의 감성과 창의성 등이 결합하여 새로운 환경변화에 유연하게 대응할 것이다. 기술 변화에서 소외되는 사람들의 다양한 직업 기회 창출과 평생교육체계의 강화가 필요할 것이다.

디지털 기술을 얼마나 활용하느냐에 따라 개인의 생존과 소득의 다과가 결정될 것이다. 누구도 운명을 개척하고 변화하라고 촉구하지 않는다. 스스로 미래에 도전하고, 각자의 잠재력을 깨워야 한다. 미래의 주사위는 던져졌다. 미래를 예측하는 가장 훌륭한 방법은 직접 미래를 만드는 것이다.

02
무소유

무일푼으로 시작해 과일 장사로 모은 전 재산 400억을 고려대에 쾌척한 김영석(91) · 양영애(83) 부부의 미담은 우리 사회를 훈훈하게 적셨다. 정작 본인들은 교통비를 아끼려 걸어 다녔다. 두 사람은 초등학교 졸업장도 없다. 홀로 월남해 머슴살이했을 정도로 가난했지만, 근면과 의지로 극복했다. 기부를 통해 50년 전 청량리 밑바닥 인생에서 지금은 가장 칭찬받는 사람이 되었다. 도둑이 들끓는 세상에 소망을 두지 않고 영원한 하늘 부자를 선택한 것이다. 특히 존경스러운 것은 그 자녀들이 상속받지 않고 기부에 동의했다는 사실이다. 돈 많으면 자식한테 살해당하고 돈 없으면 맞아 죽는 '무자식 상팔자'라는 유머를 무색하게 만들었다.

누에고치는 10일만 살다가 집을 버린다. 제비들은 6개월만 살다가 버리고, 까치들은 1년만 살다가 버린다. 집짓기가 쉬워서 그럴까? 그렇지 않다. 누에는 집을 지을 때 창자에서 실을 뽑아내고, 제비는 없는 침까지 뽑아서 진흙을 만들며, 까치는 볏짚을 물어오느라 입이 헐고 꼬리가 빠져도 지칠 줄 모른다. 날짐승과 곤충은 이렇게 온 힘을 다해 집을 지었어도 계절이 바뀌면 미련 없이 집을 버리고 떠나간다. 완전한 소유란 이 세상 어디에도 없다. 우리가 소유하는 것은 지금뿐이다. 사람만이 끝까지 움켜쥐고 있다가 마지막에 빈손으로 떠난다. 사람이든 물건이든 잠시 손에 쥘 뿐 소유하려고 할 때 고통이 따른다. 일단 소유하면 흥미를 잃고 다른 무엇을 더 소유하고 싶은 게 인간의 마음이다. 소유로부터 자유로워야 진정한 삶이다.

태어난 모든 생물체는 이 땅에 사는 동안만 자연으로부터 빌려 쓰다가 가진 것 내려놓고 떠나가는 나그네에 불과하다. 이런 순리를 우리는 실제로 머리로는 알지만, 가슴으로 실천하기가 어렵다. 소유가 늘어나면 근심도 늘기 마련이다. 진정으로 소유해야 할 것은 물질이 아닌 아름다운 마음이다. 뭉게뭉게 피어

오르는 구름은 자리 다툼하지 않고, 내리는 빗물은 서로 시간을 다투지 않는다.

03
니체의 초인

독일 실존철학의 선구자, '망치를 든 철학자'로 불리는 니체는 저서 《짜라투스트라는 이렇게 말했다》에서 '신은 죽었다'라고 했다. 이 말의 의미는 당시 그리스도교도의 신과 인간의 이분법적 세계에서 벗어나라는 충고였다. 허황하고 형이상학적인 관념에서 벗어나 현실을 직시하고, 삶을 중시하라는 주장이었다. 신을 죽이고 난 뒤 인간은 더 이상 신에 의지할 필요가 없는 초인(超人, Übermensch)이 되었다. 하지만 현실은 더욱 척박해졌고, 혼란이 가중되었다. 인간의 고독과 두려움은 무엇으로 이겨낼 수 있는가? '운명을 수용하고 사랑하라.'

니체는 인간의 정신은 3가지 단계로 변화한다고 했다.
첫 번째 단계는 낙타의 단계다. 낙타의 특징은 주인에 대한 절대복종 혹은 순종이다. 낙타는 아침에 무릎을 꿇어 짐을 싣고, 저녁에도 주인 앞에 무릎을 꿇어 짐을 내린다. 자신의 본분을 잊지 않고 진정한 겸손의 자세를 보인다. 낙타는 주인에게 자신의 강인함과 주인을 위하는 마음을 증명하고자 많은 짐이 자신의 등에 실리는 것을 마다하지 않는다. 낙타에게는 비판이란 있을 수 없고, 낙타에게 주인은 말 그대로 신과 같은 존재이다.

두 번째 단계는 사자의 단계다. 자유를 쟁취하고자 하는 강한 욕망과 자신이 사막을 다스리는 주인이 되고자 한다. 이전에는 주인의 말에 무조건 받아들이고 순종했지만, 이제는 자신의 의지로 움직이려고 한다. 이때 만약 자신의 권리나 자유를 침해하게 된다면 사자는 이빨을 드러내며 자유를 외친다. 하지만 고독하고 불안감은 여전하다.

세 번째 단계는 바로 아이의 단계다. 아이들은 어떤가? 매 순간을 즐기고, 나쁜 일도 금방 잊어버리는 순수함을 지니고 있다. 어딘가에 구속되지 않고 오로지 유희와 기쁨으로 긍정을 굴러가게 하는 바퀴와 같다. 우리의 삶을 들여다보면 항상 이 세 단계를 단계적으로 거쳐 가지 않는다. 어떤 상황에서는 낙타가 되기도, 사자가 되기도, 아이가 되기도 한다.

니체는 "삶이란 긴 죽음에 불과하다"라고 말했다. 신 대신 새로운 존재로 초인을 내세웠다. 니체는 현실의 참혹함과 인간의 한계를 인정하면서 이성보다는 의지의 철학으로 주체적인 삶을 살 것을 주장했지만 아이러니하게도 정작 죽음을 두려워했다. 정신착란으로 입원과 퇴원을 번갈아 하면서 55세 나이로 쓸쓸히 죽었다.

하이데거는 니체가 궁극적으로 '가치'라는 도식에서 벗어나지 못했고, 니체를 '존재 망각의 극단'이라며 극렬하게 비판했다. 니체 사상은 존재 자체의 고유성을 파악하려 하지 않고 인간으로서 사물을 이용하고 지배하는 한계를 지녔다. 인간 스스로가 신이 되고 주인이 되는 것은 현실 불가능하다.

간혹 황량한 사막을 걸어가는 낙타를 보고 있으면 힘들고 고단한 동물이라는 생각이 든다. 짐을 실어야 했던 낙타의 혹은 혈흔으로 얼룩진 상처투성이다. 커다란 짐을 지고 사막을 종단하는 낙타처럼 우리도 무거운 돌덩이를 짊어지고, 삶을 어렵사리 영위하고 있는지 모른다. 때론 우리의 삶이 화려하고 빛나 보이지만, 내면의 고독과 상처가 삶을 더없이 가혹하게도 만든다. 낙타가 오아시스에서 멈추듯 인간도 편안한 삶을 선택하고 살았으면 한다. 인간도 내일을 보장할 수 없다. 어디가 종점이고, 얼마나 먼 길을 걸어가야지 도통 알 수 없지 않은가? 하루를 살아도 행복하세요!

04

마음을 휘어잡는 3개의 짧은 문장들, 카르페 디엠, 메멘토 모리, 아모르 파티

삶을 관통하는 중요한 경구 중 으뜸은 호라티우스의 라틴어 시 한 구절 '카르페 디엠'(Carpe Diem)이다. '오늘을 붙잡아라'나 '현재를 즐겨라' 등의 뜻으로 오랫동안 회자되어 왔다. '불멸을 소망하지 말고, 나이가 깨우치네'의 시를 통해 오늘을 거둬들이라는 것을 의미한다. 미래는 미스터리, 과거는 얼어붙어 흐르지 않고, 현재만이 타오르는 횃불이다. 과거에 못 한 것을 후회하기보다는 미래를 바꿀 수 있는 오늘의 노력이 필요하다. 도망치듯 사라지는 세월 속에서 '카르페 디엠'이 빛난다.

영국 시인 로버트 헤릭은 〈처녀들에게〉에서 "할 수 있을 때 장미꽃 봉오리를 모아라"라고 읊조린다.

〈가지 않은 길〉의 미국 시인 로버트 프로스트도 "행복해져라, 행복, 행복 / 그리고 현재의 즐거움을 잡아라"라고 이야기한다.

니코스 카잔차키스의 대표작 《그리스인 조르바》에서는 지금의 중요성을 깨닫게 하는 어록을 남겼다. "행복이란 얼마나 단순하고 소박한 것인지 다시금 느꼈다. 와인 한 잔, 군밤 한 알,

허름한 화덕, 바닷소리 단지 그뿐이다. 그리고 지금 여기에 행복이 있음을 느끼기 위해 단순하고 소박한 마음만 있으면 된다."

'카르페 디엠'의 이란성 쌍둥이처럼 등장하는 경구는 '메멘토 모리(memento mori)'로 '죽음을 기억하라!'라는 뜻이다. 고대 로마에서 승리를 쟁취한 장군이 개선 행진을 할 때 장군 뒤에서 계속 외쳐대는 라틴어 '메멘토 모리!'

로마 공화정의 개선식은 전쟁에서 승리한 장군의 최고의 명예였다. 백마 네 마리가 끄는 전차를 타고 개선 퍼레이드를 벌인다. 개선장군이 손을 들어 시민들에게 화답하는 동안, 장군 뒤에 탑승한 사람이 큰 소리로 계속 외쳐댄다.

"메멘토 모리! 메멘토 모리!"

"오늘은 개선장군이지만 너도 언젠가는 죽는다. 겸손하게 행동하라."

승리에 도취된 장군을 향한 준엄한 하늘의 소리와 같다. 승전한 영웅 그대여! 영광의 이 순간에도 유한한 인간의 본분을 잊지 말지니!

메멘토 모리의 처세훈은 미국 남서부에 거주한 나바호족에게도 찾을 수 있다.

"네가 세상에 울면서 태어날 때 세상은 기뻐했으니, 네가 죽을 때 세상은 울어도 너는 기뻐할 수 있도록, 그러한 삶을 살라."

췌장암 투병으로 힘든 시기를 보내던 스티브 잡스는 스탠퍼드대 졸업식 축하 연단에 올라 '죽음은 삶이 만든 최고의 발명품'이라고 극찬했다. 죽음이 없었으면 실패한 인생을 살았을 것이라는 의미였다. "제한된 나에게 주어진 시간을 다른 사람의 인생을 살 듯이 낭비하지 말라"며 "오로지 자신을 믿고, 열정으로, 집중하십시오"라는 그의 말은 사회로 첫발을 내딛는 스탠퍼드대 학생들에게 감동과 힘이 되었다.

아모르 파티는 사랑을 뜻하는 '아모르'와 운명을 뜻한 '파티'를 합성한 라틴어로 '운명을 사랑하라'는 뜻을 지녔다. 인간이 가져야 할 기본이 되는 삶의 태도로, 니체가 처음 사용했다. 인생은 화무십일홍(花無十日紅)이다. 열흘 가는 꽃이 없듯 '한 번 흥한 것은 반드시 쇠한다'라는 이치를 꿰뚫고 있다. 마음을 휘어잡는 짧은 문장들, '메멘토 모리' '카르페 디엠' '아모르파티'는 인간 본분을 깨우친다. 인간은 생각하는 갈대다. 인간은 갈대처럼 나약한 존재지만 위대한 것은 바로 사유하기 때문이다. 날숨 한 번 뱉었다가 들이키지 못하면 죽는 게 사람이다. 그러니 교만하지 말고 매 순간 삶을 성찰하며 살아야 한다.

'운명을 사랑하라. 이제부터 이것이 나의 사랑이 될지니!'

05
성찰하지 않는 삶은 살 가치가 없다

세계적인 대문호 톨스토이는 세 가지 질문을 던지면서 성찰의 삶을 살았다. 첫째, 이 세상에서 가장 중요한 시간은? 둘째, 이 세상에서 가장 중요한 사람은 누구인가? 셋째, 세상에서 가장 중요한 일은 무엇인가?

그는 "이 세상에서 가장 중요한 시간은 현재이고, 가장 중요한 사람은 지금 내가 대하고 있는 사람이며, 이 세상에서 가장 중요한 일은 지금 내 곁에 있는 사람에게 선을 행하는 일이다. 인간은 그것을 위해서 세상에 온 것이다. 그러므로 당신이 날마다 그때그때 그곳에서 만나는 사람에게 최선을 다하라"라고 말했다.

소크라테스는 성찰을 강조했다. 여기서 성찰은 자신이 한 일, 말과 같은 자신의 행위 모든 것을 뒤돌아보고 반성하는 것을 말한다.

그리스의 수학자 피타고라스는 "하루의 행동을 오늘 한 일이 무엇인지, 할 일을 빠뜨린 것은 없는지, 규칙에 어긋난 것은 없는지 등 세 가지 측면에서 생각하지만, 생각하지 않았으면 잠들지 말라"고 충고했다. 성찰은 나를 아는 것에서부터 시작한다. 나를 아는 것은 나의 장점은 무엇이며 단점은 무엇인가, 내가 추구하는 가치는 무엇인가, 내 삶의 궁극적 목적은 무엇인가? 등의 질문을 던지는 것에서부터 시작된다. 자신을 속이거나 남에게 거짓말하고, 때론 최소한의 양심도 지키는 것에서 벗어나기 위해서는 성찰이 필요하다. 자신이 한 일을 반성하고 고치는 과정에서 덕을 쌓는다.

미국 정치가, 과학자인 벤자민 프랭클린은 가장 다재다능한 인물이다. 피뢰침을 발명했고, 고효율 안경, 멕시코 만류 도표 등을 만들었다. 독학으로 공부하면서도 여러 분야에서 경지를 이룬 요인은 철저한 계획과 덕목에 대한 성찰 덕분이다. 그는 참신한 덕목을 매일 점검했고, 심오한 이론보다는 실용적 가치를 더욱 중요시했다.

인격이 없으면 당신은 아무것도 갖고 있지 않고, 어떤 것도 이룰 수 없다. 인격은 인간으로서 향기의 품격과 사회의 빛과 소금 역할이다. 성찰과 신독은 동의어다. 군자는 반드시 혼자 있을 때 더욱 삼가고 경계해야 했다. 《중용》에서는 "군자는 보지 않는 곳에서 삼가고 들리지 않는 곳에서 스스로 두려워한다"고 했는데, 남들이 지켜보지 않는 어둠 속에서도 자신을 속이지 않고 스스로 삼가고 경계를 지킨다는 의미이다.

신독은 실천하기 어려운 지난(至難)한 강령이라 할 수 있다.

율곡 이이는 '도에 들어서기 위한 가장 긴요한 수련은 신독'을 평생 좌우명으로 삼았다. 남들이 지켜보는 데서 착한 일 하기도 쉽지 않다. 남들이 지켜보지 않는 혼자 있을 때라도 자기 마음의 흐름을 살펴 성찰하고 말을 조심해야 한다. 지도자가 갖추어야 할 덕목인 수기치인(修己治人, 스스로 수양하고 세상을 다스린다)에 신독만큼 중요한 것은 없다.

마음에 새겨야 할 인생 좌우명

1. 락선불권(樂善不倦): 선을 즐기는 사람은 권태로움이 있을 수 없다.
2. 자승자강(自勝子强): 자신을 이기는 자가 강한 자다.

3. 인일기백(人一己百): 남이 한 번 할 때, 나는 백 번을 해서라도 따라간다.

4. 행의필수(行義必修): 옳은 일을 행하기 위하여 몸가짐을 반드시 닦아라.

5. 무언실천(無言實踐): 모든 일은 말없이 실천하라.

6. 숙려단행(熟慮斷行): 충분히 생각한 후 실행하라.

7. 인자무우(仁者無憂): 어진 사람은 근심이 없다.

8. 자강불식(自彊不息): 스스로 굳세어 쉬지 않는다.

9. 유비무환(有備無患): 매사를 잘 살펴서 처리하면 후환이 없다.

10. 지족상락(知足常樂): 만족함을 알면 항상 즐겁다.

11. 진광불휘(眞光不輝): 진실한 광채는 겉으로 나타나지 않는다.

12. 인내근검(忍耐勤儉): 어려운 일도 참고, 견디며 모든 일에 부지런하고 검소하라.

13. 일념통천(一念通天): 생각을 모으면 어떤 어려운 일도 이룰 수 있다.

14. 유타용인(由他容認): 남에게 인정받는 사람이 되자.

15. 가화만사성(家和萬事成): 가정이 화목해야 모든 일이 이뤄진다.

06

소풍 같은 인생

염라대왕 앞에 한 노인이 섰다.

"저는 너무 억울해요. 기껏 부자가 됐지만, 한 푼도 못 쓰고 지옥에 왔습니다."

그러자 염라대왕이 화내면서 말한다.

"어리석은 자여, 너에게 돈 쓸 시간을 주었건만 네가 무시했다."

"언제 돈 쓸 시간을 주셨나요?"

"네 검은 머리카락이 하얀색으로 변하지 않았느냐? 늙음의 시작을 알려주었건만 염색으로 나이를 감췄다. 또 네 시력이 약해진 것은 죽음의 예고인데, 쓸데없는 것에만 신경 쓰면서 시간을 허비했다. 너의 체력이 약해질 때 죽음이 방문 앞에 서 있는 줄 몰랐느냐?"

"그걸 말로 알려 주셔야죠."

"이미 세상에는 선지자가 많고, 행동으로 보여주어도 몰랐던 건 돈에 눈이 어두운 너의 잘못이니 원망해도 소용없다."

"많은 돈으로 천국 갈 수 있나요?"

"이곳은 돈도 필요 없고, 베푼 자선으로 살아가는 곳이다."

천상병 시인은 〈귀천〉에서 하늘은 '죽음'을 의미하고 이 세상의 삶은 소풍이라고 비유했다. 소풍은 늘 즐겁고 행복하다. 세상에는 소풍 온 것처럼 행복하게 살다 가는 사람도 있고, 욕망의 진흙탕에 빠져 허겁지겁 사는 사람도 있다. 위만 바라보고 불평하는 사람이 있는 반면, 나보다 못한 사람에게 도움을 주는 사람도 있다.

오늘날 사람들의 최고 목적은 돈이다. 돈을 벌기 위해 모든 것을 투자한다. 돈이 인간을 지배하고 인간은 돈을 숭배한다. 돈은 최선의 하인이자 최악의 주인도 된다. 돈은 바닷물과 같다. 자기가 사용할 줄 아는 범위 이상의 돈을 가진 자는 불행하다.

돈이 많다고 행복한 것은 아니다. 돈을 퇴비와 같이 냄새나게 쓰는 사람과 돈을 현명하게 사용하는 사람이 있다. 내 돈이란 살아있는 동안 쓰고 가는 돈일 뿐이다.

사람에게는 세 가지의 운(運)이 있다. 천운(天運)은 하늘이 정해준 운으로 부모 자식으로 태어나고, 어느 나라, 어느 시대에 태어날지를 우리는 선택할 수 없다.

지운(地運)은 그림이나 노래 등 타고난 재능이다. 인운(人運)

은 사람의 복을 말하며 인생에서 어떤 사람을 만나고, 도움이 됐는지 안됐는지를 결정한다. 아무리 천운과 지운을 잘 타고났어도 인운에서 그르치면 삶이 힘들어진다.

소풍 같은 삶이 되기 위해서는 첫째, 긍정적인 생각과 명상 등의 뇌 훈련을 한다. 둘째, 새로운 사람이나 책을 가까이한다. 셋째, 작든 크든 선행으로 보람을 찾는다. 넷째, 안 해도 될 걱정에서 벗어난다. 다섯 번째, 하는 일에 창의적으로 전념한다.

스피노자는 "신과 자연을 구분하거나 인격신의 구원과 은총을 바라는 것은 인간의 제한된 지능의 결과이며 상상력의 소산이다. 인간이 한계를 인식하고 지성과 이성을 최대로 완성하는 것이 최고의 행복이며 동시에 신의 축복이다"라고 주장한다. 봄은 반드시 온다.

또한 헤르만 헤세는 "신이 우리에게 절망을 보내는 것은 우리를 죽이려는 게 아니라, 우리에게 새로운 생명을 불러일으키기 위해서다"라고 했다.

07

인생은 한 편의 드라마

프랑스 파리에 있는 한 수도원 입구에는 큰 돌 비석이 하나 있고, 그 비문에는 '아프레 쓸라(Apres cela)'라는 말이 세 번이나 반복해서 적혀 있다. '아프레 쓸라'라는 말은 '그다음, 그다음, 그다음'이라는 뜻이다.

똑똑한 한 고학생이 마지막 학기를 남겨 놓고 학비를 마련할 길이 없어, 잘 아는 신부님을 찾아가 도움을 청한다. 신부는 "마침 조금 전에 어떤 성도가 좋은 일에 써 달라고 돈을 놓고 갔네. 이건 자네를 위한 것일세"라며 돈을 학생에게 내어주었다. 기뻐하는 학생에게 신부는 말했다.

"한 가지 묻겠데, 자네는 그 돈을 어디에 쓸 생각인가?"

"말씀 드린 대로 등록금을 내야지요."

"그다음은?"

"열심히 공부해서 졸업을 해야지요."

"그다음은?"

"법관이 돼서 억울한 사람들을 돕겠습니다."

"좋은 생각이군. 그럼, 그다음은?"

"돈 벌어서 장가가고, 가족들도 먹여 살려야죠."

"그다음은?"

심상치 않은 질문에 학생은 더는 대답을 못 했다. 신부는 빙그레 웃으면서 말했다.

"그다음은 내가 말하지. 자네도 죽고, 그다음은 자네도 심판대 앞에 설 것일세. 알았는가?"

학생은 집으로 돌아왔지만 'Apres cela'라는 신부의 질문이 귓가에서 떠나지 않았다. 학생은 결국 돈을 신부에게 돌려주고 수도원으로 들어가서 수도사가 되어 보람되고 귀한 일을 하다가 생을 마쳤다. 그의 묘비에는 한평생 좌우명으로 외우던 세 마디 'Apres cela, Apres cela, Apres cela'를 써 놓았다.

공자는 세 살 때 아버지를 여의고 무녀인 어머니 슬하에서 가난하게 어린 시절을 보냈다. 잡다한 일을 하면서도 자강불식(自强不息, 스스로 힘쓰고 쉬지 않고 노력)과 고다능비사(吾少也賤, 故多能鄙事, 젊어서 빈천했기에 천한 일도 많이 할 줄 알았다)의 태도로 성인의 반열에 오를 수 있었다. 인생은 연습도 없는 한 편의 드라마다. 한 사람 한 사람이 그 드라마의 감독, 각본, 주연 역할을 혼자 해내야 한다. 드라마를 희극으로 쓸지, 비극으로 연기할지는 오롯이 자기 몫이다.

러시아 소설가 겸 의사였던 안톤 체호프는 숨을 거두기 전 “내가 죽으면 샴페인을 터뜨리라”라고 말했다. 체호프는 소심한 성격으로 하루하루를 질병과 통증의 비극적 삶으로 살았기에, 죽음을 평화이자 축제라고 생각했다.

셰익스피어의 작품 《맥베스》에는 다음과 같은 말이 있다. “인생은 단지 걸어 다니는 그림자일 뿐 잠시 주어진 시간 동안 무대 위에서 뽐내고 으스대지만, 그 시간이 지나면 영영 사라져 버리는 가련한 배우다.”

맹자의 인생삼락은 첫째, 父母俱存兄弟無故(부모가 다 살아 계시고 형제들이 무고한 것), 둘째, 仰不愧於天府不怍於人(하늘을 우러러 한 점 부끄럼이 없고 지은 죄가 없음), 셋째, 得天下英才而敎育(영재나 후학들을 가르치는 일)이다. 세 가지를 모두 누리는 인생은 큰 즐거움이겠지만, 한 가지라도 있으면 행복한 인생이다. 추사 김정희는 인생삼락을 一讀(책 읽는 즐거움), 二色(사랑하는 사람과 애정을 나누는 것), 三酒(벗과 더불어 술잔을 나누며 풍류를 즐기는 것)라고 했다. 조선조 유학자 신흠(申欽)도 인생의 세 가지 즐거움으로 책 읽기, 손님맞이, 산천 유람을 꼽았다. 즉, 문을 닫으면 마음에 드는 책을 읽고, 문을 열면 마음에 드는 손님을 맞으며, 문을 나서면 산천경개를 찾아가는 것이다.

다산 정약용은 인생삼락을 첫째, 어렸을 때 뛰놀던 곳에 어른이 되어 다시 오는 것, 둘째, 가난하고 궁색할 때 지나던 곳을 출세해서 오는 것, 셋째, 혼자 외롭게 찾던 곳을 좋은 벗들과 어울려 오는 것이라고 했다.

인간 존중 경영과 경영의 신으로 불리는 마쓰시타 고노스케(松下幸之助)에게 성공의 비결에 대해 묻자, 그는 3가지 복을 말했다. "첫째, 가난했기에 어릴 적부터 구두닦이, 신문팔이 등 세상의 경험을 두루 쌓을 수 있었고, 둘째, 몸이 약해 항상 운동에 힘써 노후에 건강하게 지낼 수 있었으며, 셋째, 초등학교도 졸업하지 못했기에 세상 사람을 스승으로 여기고 언제나 배우는 일에 게으르지 않을 수 있었다."

성공하는 사람과 그렇지 않은 사람의 차이는 종이 한 장 차이다. 성공자는 운명에 좌절하지 않고, 모든 것을 자신의 탓으로 여기며 영감과 능력을 관리한다. 자기에게 주어진 일이 천직이라는 마음으로 즐겁게 일한다. 긍정과 적극적인 사고로 시야를 넓힌다. 오늘 목마르지 않다고 우물에 돌을 던지는 우를 범하지 마라.

08

감사의 기적

보스턴의 한 보호소에 수시로 자살 시도와 괴성을 지르는 소녀 앤 설리번이 있었다. 모두가 치료를 포기했지만 노 간호사인 로라는 그 소녀를 정신과 치료보다는 친구가 되고 사랑을 쏟은 덕분에 2년 만에 앤을 우등생으로 졸업시켰다. 앤은 자신이 받은 사랑을 돌려주기로 결심한다. 신문광고 '보지 못하고, 듣지 못하고, 말하지 못하는 아이를 돌볼 사람 구함'에 지원하여 20세기 최고의 기적적 인물 '헬렌 켈러'의 선생님이 된다. 헬렌의 하버드대학 시절에 헬렌과 모든 수업을 함께하면서 그녀의 손에 강의 내용을 적어주었다. 헬렌 켈러는 3중 불구자(청각장애인, 시각 장애인, 언어 장애인)였지만 절망하거나 포기하지 않고 그녀를 사랑으로 돌보아 헬렌 켈러는 박사가 되었고, 영감을 주는 위대한 인물이 되었다.

헬렌은 "항상 사랑과 희망과 용기를 불어넣어 주신 앤 설리번 선생님이 없었다면 저도 없었을 것입니다"라고 고백했다. 헬렌 켈러는 《3일 동안만 볼 수 있다면》에서 "만약 내가 3일간 볼 수 있다면 첫째 날엔, 나를 가르쳐 준 설리번 선생님의 얼굴을 바라보고, 아름다운 꽃과 풀과 빛나는 노을을 보고 싶습니다. 둘째 날엔, 새벽 먼동이 터오는 모습을 보고, 저녁에는 영롱하게 빛나는 하늘의 별을 보겠습니다. 셋째 날엔, 아침 일찍 큰길가로 나가 부지런히 출근하는 사람들의 활기찬 표정을 보고 싶네요. 점심 때는 아름다운 영화를 보고 저녁에는 화려한 네온사인과 진열장의 상품들을 구경하고 집에 돌아와 사흘간 눈을 뜨게 해주신 하나님께 감사의 기도를 드리고 싶습니다"라고 했다.

앤 설리번은 헬렌 켈러에게 "시작과 실패하는 것을 계속하라. 실패할 때마다 무엇인가 성취할 것이다. 네가 원하는 것을 성취하지 못할지라도 무엇인가 가치 있는 것을 얻게 될 것이다. 절대로 포기하지 말라"고 말하곤 했다. 한 사람의 헌신적 사랑이 톱니바퀴처럼 연결고리가 되어 위대한 리더를 만든다.

사랑은 천국을 살짝 엿보는 것과 같다. 사랑은 허다한 허물을 덮고 살아가는 이유를 말한다. 인도의 시성 타고르는 "감사의 분량이 곧 행복의 분량이다"라고 한다. 많이 가진 사람이 행복한 것이 아니라, 많이 감사하는 사람이 행복하다.

감사는 행복을 낳고, 행복은 우리 인생을 풍요롭게 만들어준다. 사랑이 없는 마음은 지옥과 같고, 감사가 없는 가정은 메마른 광야와 같다.

미국 생체학자 존 자웨트 박사는 식사 전에 감사 기도하는 사람에게 세 가지 특이한 물질이 발견되었다고 했다. 첫 번째 물질은 신비한 백신(Vaccine)으로 질병을 예방하고 면역기능을 향상시킨다. 두 번째 물질은 항독서(Antitoxin)라는 물질로 각종 질병의 진행을 억제시키고, 병균의 침입을 막아주며, 살균해준다. 세 번째 물질은 안티셉틴(Antiseptin)이라는 물질로 방부제 역할을 한다. 이처럼 감사하면 행복해지고 행복하면 감사가 실천된다. 감사는 행복의 촉매제이자, 축복의 문을 여는 마스터키이다.

09
품격 인생

사막 한가운데 있는 한 우물 주인은 마음씨가 착해 마을 사람들에게 물을 공짜로 제공하였다. 어느 날, 주인은 멀리 있는 길을 떠나면서 하인에게 물 관리를 시켰다. 하인도 마을 사람들에게 주인이 했던 것처럼 물을 공짜로 나눠줬다. 그런데 얼마 지나지 않아 자신에게 감사의 표시를 하는 사람에게만 물을 나눠줬고, 싫은 사람, 미운 사람에게는 물을 주지 않았다. 점점 물을 가져가는 사람이 줄었고, 주인이 왔을 때는 그만 우물물이 마르고 말았다. 하인에게 원한이 쌓인 사람들은 말했다.

"저 나쁜 하인을 내쫓으세요!"

그러자 주인은 고개를 저으며 말했다.

"본래 내 것은 없습니다. 서로 상처를 감싸줘야 하지 않을까요? 이전처럼 모든 사람에게 공짜로 나눠주면 우물물도 다시 채워질 것입니다."

요즘 품격이란 키워드가 많이 등장한다. 말의 품격, 부부의 품격, 부의 품격 등 명품 인생에 갖춰야 할 덕목이다. 품격의 사전적 의미는 품성과 인격을 줄인 단어로 사람 된 바탕과 타고난 성품, 또 사물 따위에서 느껴지는 품위를 뜻한다. 품격은 고급 레스토랑 식사, 비싼 디자이너 옷, 고급 아파트 거주, 명품으로 치장한다고 우러나오는 것이 아니다. 돈만으로 품격을 살 수 없다. 품격은 자신이 지켜온 신념과 말 한마디, 표정과 몸짓 하나로 지켜낸 자기다움과 탁월함으로 스스로 빛나는 인격의 향기인 것이다. 품격의 한자 '품(品)'은 입구(口) 자 세 개로 만들어져서, 입을 어떻게 놀리느냐에 따라 품위가 결정된다.

품격은 영혼의 즐거움이다. 공자는 인간이 갖춰야 할 덕목으로 용서를 꼽는다. 용서하지 못하는 것은 자기가 건너가야 할 다리를 파괴하는 것과 같다고 했다. 용서하지 못하고 미운 마음을 품는 것은 독을 품는 것 같아서 내 몸과 마음도 썩는다.

이런 용서와 배려의 따뜻한 마음씨를 갖춘 품격 있는 삶의 형태는 다음과 같다.

① 친절하다. 남을 비난하고, 비판하고, 깎아내리지 않는다.
② 경청할 줄 안다. 원치 않더라도 남의 말을 듣는다.
③ 유행을 좇지 않는다. 유행하는 것에 관심을 두기보다는 정직과 신뢰, 자신감의 미덕에 관심을 둔다.
④ 실패를 보약으로 삼는다. 실패했다고 자신의 가치까지 실패한 건 아니다. 마음먹기에 따라 1%의 희망으로 99%의 절망을 이길 수 있다.
⑤ 자신이 한 말을 지킨다.
⑥ 타인과 비교하지 않는다.
⑦ 좋은 친구를 선택한다. 불필요한 사람과 만나는 데 시간을 허비하지 않는다. 부정적이고 비판적인 사람을 멀리한다.
⑧ 주도적인 용기가 있다.
⑨ 독립적으로 생활한다.

⑩ 다른 사람을 돕거나 자신에게 소중한 사람이 되기 위해 애쓴다.

리더의 품격은 나 혼자 잘 먹고 잘사는 것이 아니다. 세상을 품고, 자신을 사랑하고 전문가적 일에 창발적 사고를 얹은 자기다움이다.

10

왜 사냐고 묻거든, 그냥 웃지요

농부가 일을 마치고 소를 끌고 귀가하다가 호랑이를 만났다. 농부는 겁에 질렸지만 혼자 살려고 도망가지 않고 호랑이와 싸우기로 했다. 충성심 많은 소도 사력을 다해 싸워 이겼다. 물론 주인이 도망갔다면 소도 의욕을 잃고 죽었을 것이다. 동물도 사력을 다해 살려고 하는데 인간이 절망하고 포기하는 것은 옳지 않다.

고통과 죽음은 인생의 한 부분이다. 그것을 거부하는 것은 인생을 거부하는 것과 마찬가지다. 겨울을 지내봐야 봄이 그립고, 고통을 겪어보아야 인생의 멋을 안다.

삶을 이루는 이유는 제각각이다. 역사상 위대한 인물들은 예외 없이 삶의 목적이 분명했다. 에이브러햄 링컨은 미합중국의 분열을 막는 사명이 있었고, 프랭클린 루스벨트에게는 대공황의 종지부를 찍는 사명, 넬슨 만델라는 인종차별의 종식을, 테레사 수녀는 굶주리고 가난한 사람들에게 자비와 연민을 베푸는 것을, 잔 다르크는 조국인 프랑스 해방을 사명으로 가졌다. 모세는 이스라엘 백성을 출애굽 하는 사명을 지녔다.

'왜 사느냐?'는 올바른 질문이 아니고, '어떻게 살아야 하느냐?'가 올바른 질문이다. 괴롭게 살지 않고 즐겁게 사는 법, 세상에 태어난 이상 행복하게 살도록 노력했으면 한다. 석가모니는 왕위도 버리고, 다 떨어진 옷 하나 걸치고, 우매한 중생들에게 올바른 삶의 진리를 설파했다. 니체는 "인생의 목적은 끊임없는 전진에 있다. 풍파 없는 항해! 얼마나 단조로운 것인가. 고난이 심할수록 내 가슴은 뛴다"라고 했다. 철학자 하이데거는 인간을 '던져진 존재'라고 정의했다. 세상에 태어난 것은 선택할 수 없지만 어떤 과정으로 살지는 선택할 수 있다. 이 모든 철학적 명제를 관통하는 것은 '인생은 목적이 아니라 과정'이란 것이다. 누군가가 왜 사느냐고 묻거든, 삶의 시름을 접고 희망의 밭을 갈아보면 어떨까? 그래도 왜 사냐고 묻거든, 웃지요.

11

1%의 희망만 있어도 절망 너머를 바라보자

미국 빈민가에 사는 한 젊은 부부는 생활고를 벗어나기 위해 죽도록 노력했지만 허사였다. 남자는 영화배우를 꿈꾸며 영화관 안내원, 피자 배달부, 청소부, 심지어는 성인물 배우에 이르기까지 안 해본 일이 없을 정도였다. 마치 암흑의 터널을 지나가는 남자의 서른 번째 생일날, 그의 부인은 가지고 있는 마지막 돈 1.15달러로 초라한 케이크를 사 왔다. 그들은 "제발 이 지긋지긋하게 가난한 생활이 끝나게 해주십시오"라고 빌었다. 얼마 지나지 않아 남자는 우연히 TV에서 무하마드 알리와 척 웨프너의 권투 시합을 보았다. 처절한 경기였지만 관중들은 약자가 끝까지 시합을 해내는 모습에 감명을 받았고, 남자는 반나절 만에 시나리오 하나를 완성했다. 그리고 그 시나리오를 들고 영화사를 찾아갔지만, 번번이 거절당했다.

우여곡절 끝에 한 영화사에서 100만 달러를 투자하기로 했고, 수익은 1/10밖에 줄 수 없다고 했다. 하지만 그러한 제안을 받아들여 영화는 불과 28일 만에 초스피드로 만들어졌다. 장소 사용료가 많이 드는 할리우드가 아닌 비용이 들지 않는 뉴욕에서 촬영했다. 하지만 결과는 뜻밖에 흥행을 가져왔다. 개봉 당일부터 관중들이 줄에 줄을 이었고, 영화는 한마디로 완전 흥행 초대박이었다. 그 영화가 바로 〈록키〉다. 인터뷰에서 성공비결을 묻자 주인공 실베스터 스탤론은 "성공이란 실패를 이겨내고자 하는 노력이 절정에 이른 상태를 말한다"라고 했다.

성공에 이르게 되는 3가지 유형은 첫째, 넓게 보고 꼼꼼히 챙기는 사람들이다. 넓게는 보지만 세세한 부분을 챙기지 못하는 사람들은 작은 허점으로 인하여 전체가 무너지는 경우가 있다. 둘째, 열정을 품고 일하면서도 팀워크를 이루는 사람들이다. 셋째, 기획력과 실천력을 겸한 사람들이 성공한다. 기획력 없이 실천을 서두르다 일을 망가뜨리는 사람들이 있다.

나에게 가장 소중한 보물은 무엇일까? 재주, 명예, 돈, 아끼는 물건인가? 아니다. 가장 중요한 것은 바로 나 자신이다.

명검을 지닌 사람은 자신의 가치를 알고 자기 자신을 소중하게 생각한다. 자기 안의 보물을 가진 사람은 명검을 가진 사람처럼 함부로 상자 안에서 꺼내지 않는다. 인품이 갖추어지지 않는다면 사람은 온갖 명품으로 몸을 치장한다고 해서 돋보이지 않고, 오히려 비웃음의 대상이다. 내면이 부족한 자신과 남을 쉽게 대하고 마음을 조절하지 못한다. 하늘은 기다릴 수 있는 자에게 모든 것을 준다. 희망은 찾고 두드리는 자에게 살짝 얼굴을 비칠 것이다.

12

변화하는 삶을 대하는 자세

먼저 크고 깨끗한 마음의 냄비를 준비한다.

냄비에 꿈, 사랑, 희망의 물을 가득 채운다.

일, 가정, 인간관계의 신선한 재료를 넣는다.

그다음 노력, 자신감, 성실함의 양념을 첨가한다.

열정이라는 불로 끓이면 교만, 시기, 질투가 거품으로 사라진다.

맛이 너무 밋밋하다면 여행, 취미라는 양념을 톡톡 털어 넣는다.

보다 담백한 맛을 원하면 제철 재료를 아끼지 말고 듬뿍 넣는다.

요리법이 서툴러도 감사의 비타민과 은혜의 영양제가 보충하기에 괜찮다.

지고 가는 배낭이 너무 무거워 벗어 버리고 싶었지만, 참고 정상까지 올라가면 먹을 것이 충분하여 기쁨으로 돌아오는 경험을 한다. 인생도 이와 다를 바 없다. 짐 없이 사는 사람은 없다. 살면서 가난, 질병, 책임, 사랑, 이별 등 부닥치는 일 중에서 짐 아닌 게 하나도 없다. 이럴 바엔 기꺼이 짐 지는 수고를 받아들였으면 한다. 언젠가 짐을 풀 때 짐의 무게만큼 행복과 보람을 얻게 될 것이다.

아프리카의 어느 원주민은 강을 건널 때 큰 돌덩이를 진다. 이것은 급류에 휩쓸리지 않기 위해서다. '무거운 짐'이 자신을 살린다는 것을 알고 있기 때문이다. 헛바퀴가 도는 차에는 타이어 공기압을 빼고, 일부러 짐을 싣기도 한다.

빠른 시대의 변화에 따라가야 한다. 관행이나 관습에 연연하다가는 때를 놓치게 된다. 선대들도 경험하지 못했던 흰 종이

위에 새로 써야 한다. 내가 가는 길이 첫 번째 발자국으로 기억된다. 적자생존을 주창한 다윈은 "살아남는 종은 가장 강한 종도 똑똑한 종도 아니고 변화에 가장 잘 적응하는 종이다"라고 했다.

우리는 대부분 밥벌이에 치중한 생존 문제에 몰입해 의식 없이 살아간다. 정작 중요한 삶의 목적과 인생의 의미를 내팽개치고 세상에 널린 갈등과 문제를 마주하면서 허덕인다. 사고의 폭을 넓히고 영감과 성찰로 더 나은 삶으로 한 걸음 나아갔으면 좋겠다. 사고를 깨우는 데 그치지 않고, 사고의 폭을 넓히고, 더 나은 삶으로 실행에 옮기는 통찰력을 갖췄으면 한다.

13
상식을 파괴한 창조 예술

1952년 8월, 미국 뉴욕의 한 야외 공연장, 존 케이지의 '4분 33초'가 초연되는 순간. 피아니스트가 걸어 나와 정중히 인사하자 청중석에서 우레와 같은 박수갈채가 터져 나왔다. 그런데 피아니스트는 피아노 앞에 앉아 악보를 본 후 피아노 뚜껑을 여닫기만 반복할 뿐 전혀 피아노를 치지 않았다. 1분이 지나고 2분이 지났다. 그러자 청중은 웅성거리기 시작했다.

"도대체 왜 연주를 안 하는 거야?"

"혹시 악보를 잃어버렸나?"

그 후로도 피아니스트는 계속 가만히 앉아만 있었다. 4분 33초가 지나자, 피아니스트는 청중들에게 정중히 인사를 하고 무대 뒤로 사라졌다. 피아니스트가 연주를 못 한 이유는 존 케이지가 건넨 악보에 음표가 하나도 없었기 때문이다. 존 케이지는 텅 빈 악보에 침묵과 청중의 목소리, 그리고 객석 여기저기서 들려오는 조그만 웅성거림과 소음을 담아냈다. 그는 그것 또한 음악이라고 생각한 것이다. 존 케이지는 당시 음악평론가들로부터 '음악계의 이단자'로 폄하되기도 했지만, 그가 추구했던 음악은 기존의 관습적인 음악에서 탈피해 자기만의 독특한 음악 세계를 펼쳤다.

마르셀 뒤샹의 〈샘(Fountain)〉은 20세기 미술에 가장 큰 영향을 미친 작품으로 꼽힌다. 〈샘〉은 1917년 뒤샹이 독립미술가협회전인 '앵데팡당'에 출품하기 위해 내놓은 작품으로 남성용 소변기 위에 'R. Mutt'라고 사인했다. 당시 뒤샹의 작품은 예술작품이 아니라는 의견으로 전시실에서 철거해 버렸다. 뒤샹은 미의 개념을 새롭게 만들었다. 소변기 같은 소재를 활용해 '레

디메이드'란 개념을 창안하여 미술을 완전히 다른 것이 바꿨다. 후에 그는 다다이즘, 초현실주의뿐 아니라 개념미술에까지 광범위한 영향을 미쳤다.

인생은 연극이고 예술이다. 피카소는 "파괴하려는 충동은 곧 창조의 충동"이라고 했다. 남의 뒤를 따라가고, 비교에 그친다면 2등 예술이다. 모든 꽃은 한꺼번에 피지 않는다. 오직 자신만이 인생을 바꿀 수 있다. 아무도 나를 대신해 줄 수 없다. 그러므로 나만의 행복을 선택하라. 우리는 마음먹은 만큼 행복해진다.

14
삶의 태도와 선택

누구에게나 오는 어려움 자체를 없앨 수는 없다. 당신은 어떤 선택을 할지 결정하는 인생의 조각가다. 한 자녀가 사는 게 너무 힘들어 어머니에게 모든 것을 포기하고 싶다고 토로했다. 어머니는 자녀를 데리고 부엌으로 가서 같은 모양의 세 냄비에

물을 끓인 후 첫 번째 냄비에는 당근을, 두 번째 냄비에는 계란을, 세 번째 냄비에는 커피를 집어넣고 물이 끓도록 내버려 두었다.

20분 정도 지난 후 불을 끄고 당근, 계란, 커피 물을 식탁에 올려놓고 이렇게 물었다.

"딸아, 무엇을 볼 수 있니?"

"당근, 달걀, 커피가 있네요."

어머니는 딸에게 다가가서 직접 만져보라고 했다. 당근은 본래 딱딱했는데 물렁물렁해졌고, 달걀은 원래 깨지기 쉬운 것인데 오히려 딱딱하게 변했으며, 커피콩은 형체가 사라져버렸다. 냄비에 끓인 물은 각자 현재에 처한 어려움이다. 그러나 반응은 제각각이다. 평소 당근은 강하다고 생각하지만 어려움을 당할 때 쉽게 포기한다. 계란은 어려움을 겪을수록 내부가 더 단단해진다. 커피콩은 어려운 상황 자체를 바꿔 향기롭게 변한 것이다. 어머니는 미소를 머금고 말했다.

"딸아, 어려운 상황에서 당근, 계란, 커피 어느 쪽을 선택할 거니? 모두 너의 선택에 달렸단다."

사실은 커피콩 자체만으로도 커피가 될 수 있다. 하지만 내가 커피콩이 될 것인지 당근이 될 것인지, 달걀이 될 것인지 그것은 나만이 정할 수 있다.

미국 여성 사회 운동가인 프랭클린 D. 루스벨트 퍼스트레이디는 이렇게 말했다.

“한 사람의 인생관은 말이 아니라 그 사람의 선택에 의해 잘 드러난다. 길게 보면 우리 스스로가 우리 삶을 만들어가며 우리 자신을 만든다. 우리가 한 선택은 궁극적으로 우리 책임이다.”

인생은 스스로 연출과 연기하는 큰 무대이다. 선택에 따라 좋은 연극이 되기도 한다.

미국의 작가 리플리가 쓴《믿거나 말거나》라는 책에 이런 글이 있다. “5달러짜리 쇠 한 덩이로 말굽을 만들면 50달러에 팔 수 있고, 바늘을 만들면 5천 달러어치를 만들 수 있으며, 시계를 만든다면 5만 달러 이상의 가치를 만들어 낼 수 있습니다.” 동일한 상황이라도 어떤 생각과 노력에 따라 가치가 달라진다.

15

살기 위한 몸부림

프랑스 작가 장 드 라 퐁텐의 우화 〈전갈과 개구리〉 얘기이다. 개구리가 강을 건너려는데 헤엄을 못 치는 전갈이 나타나 자신을 등에 태워 강을 건널 수 있게 해 달라고 애원했다. 개구리가 전갈에게 "널 어찌 믿어. 넌 전갈이잖아. 독침으로 내 등을 찌르면 우리 둘 다 죽게 될걸" 하면서 거절한다. 전갈은 진심으로 간청했다.

"날 믿어줘. 절대 그런 일은 없어. 우리 둘 다 죽는 것을 아는데 어찌 내가 그런 일을 하겠니?"

개구리는 맘이 약해져 전갈을 등에 태우고 물살을 가르며 나아갔다. 그런데 강 한가운데 다다랐을 즈음 전갈이 갑자기 개구리를 찔렀다. 개구리는 원망 어린 눈으로 전갈을 바라보며 외친다.

"도대체 왜 그랬어?"

물속으로 가라앉으며 전갈이 개구리에게 마지막 한마디를 남긴다.

"미안해. 상황이 급하면 나도 모르게 튀어나오는 본성을 어쩔 수 없었어."

본능이란 이렇게 무섭다. 자신마저 죽을 걸 알면서도 찌르고 보는 게 전갈의 본능이다. 자신에게 유리하건 말건 일단 저질러 놓고 보는 본능이 전갈에게만 국한되지 않는다. 살기 위한 몸부

림인 본능의 제어와 교육이 필요하다.

독일의 철학자 쇼펜하우어의 고슴도치 우화 이야기다. 추운 겨울날, 몇 마리의 고슴도치가 모여 있었는데 가까이 다가갈수록 바늘이 서로를 찔러서 결국 떨어질 수밖에 없었다. 그러나 추위 때문에 고슴도치들은 다시 모여들었고, 똑같은 일이 반복되었다. 이러한 과정을 반복한 고슴도치들은 서로 최소한의 거리를 두는 것이 방법임을 터득한다. 실제로 고슴도치들은 바늘이 없는 머리를 맞대어 체온을 유지하거나 잠을 잔다고 한다.

영국의 정신분석학자 도널드 위니코트는 어머니는 자식을 매우 사랑하는 본능과 동시에 싫어하는 양면적인 감정을 가진다고 했다. 이러한 양면성을 인식하는 어머니들이 그렇지 않은 어머니들보다 자녀에게 덜 공격적인 성향을 보인다. 자녀를 너무 사랑한 나머지 모든 것을 해결해 주려는 부모는 자녀가 사춘기에 이르면 심각한 갈등을 겪는다. 점차 독립성을 추구하는 아이에게 부모의 지나친 관심은 집착과 구속으로 작용할 수 있기 때문이다. 적당히 서로를 존중하는 거리를 유지하는 것도 중요하다.

16

보화 찾기

세 명의 남자가 사업차 과수원을 방문했다. 첫 번째 남자는 10톤의 사과를 싸게 사서 시장에서 팔아 원가의 2배나 되는 떼돈을 벌었다.

두 번째 남자는 100그루의 사과나무 묘목을 사들였다. 정성을 다한 덕분에 투자의 5배를 거두게 되었다. 세 번째 남자는 주인에게 말했다.

"과수원의 흙을 사고 싶습니다."

"흙을 어떻게 팔 수 있겠소. 흙이 없으면 과일 농사를 지을 수 없는데."

"한 줌의 흙만 있으면 됩니다."

"한 줌이니 그냥 가져가시오. 돈은 받지 않겠소."

주인은 마지못해 승낙했다.

세 번째 남자는 고향의 농업과학 연구소에 의뢰해 흙 성분을 분석한 후 똑같은 조건의 토양을 만들어 묘목을 심었다.

십 년의 세월이 흘렀다. 첫 번째 남자는 매년 사과가 열릴 때쯤 사과를 대량 사들여 고향에 팔았지만, 경쟁자들이 늘어나 수입이 조금씩 줄어들었다. 두 번째 남자는 자신만의 과수원에 갑자기 토양의 조건이 달라져 나무가 죽는 일이 가끔 발생했고, 세 번째 남자는 처음 발견했던 사과와 똑같은 맛과 모양의 사과를 재배해 엄청난 돈을 벌었다. "재주는 곰이 넘고, 돈은 왕서방이 번다"라는 말이 괜히 생긴 게 아니다.

1920년대 경기도 팔당 인근에 살던 한 할머니가 나물을 캐다가 작은 도자기 병 하나를 발견했다. 이 병에 참기름을 담아 상인에게 1원에 팔았다. 일본인 골동품상은 이 병이 조선백자임을 알아보고 다른 골동품상에게 60원에 팔았다. 여러 수집가를 거쳐 1936년 열린 경매에서 당시 돈으로 1만 4천 580원에 간송 전형필이 사 갔다. 당시 시세로는 기와집 15채에 해당하는 금액이었다. 1700년대 초에 만들어진 청화백자로, 병의 앞뒤 양면에는 국화와 난초벌과 나비들의 노니는 모습으로 채색되었다. 이 참기름병은 1997년 '백자 청화철채동채초충문병(白磁 青畵鐵彩銅彩草蟲文甁)'으로 명명되어 국보로 지정되었다.

평범한 사람의 눈에는 그저 1원짜리 참기름병에 지나지 않지만, 보화를 알아보는 사람 눈에는 그 참기름병도 국보급 유물이다. 나는 1원짜리 참기름병 인생인가? 수억 원에 달하는 국보급 인생인가?

17

인생을 망치는 습관

15~16세기 안데스 지역의 페루를 중심으로 인디오가 세운 잉카제국은 1532년 에스파냐의 피사로 등의 침략을 받아 멸망하였다.

프란시스코 피사로는 남쪽 어딘가에 황금이 많은 땅이 있다는 정보를 듣고, 스페인 황실의 지원을 받아 병사 180명과 말 30여 마리를 끌고 원정을 떠났다. 피사로는 잉카제국의 황제 아타우알파를 막힌 지형으로 초대한 후 계략으로 포로로 붙잡고, 몸값으로 방 하나를 2번 채울 정도의 황금을 요구한다. 당시 잉카제국은 정규군만 8만 명으로 스페인 병사 180명이 싸워서 이길 수 없는 상황이었다.

잉카제국이 멸망한 이유는 형제와 부족들 간의 내전은 물론이고 외부 침략자에 대하여 몰랐기 때문이다. 남미에서는 볼 수 없었던 말들의 날뛰는 모습, 총소리만 듣고도 공포에 떨었다. 특히 유럽인이 가져온 천연두와 같은 질병 바이러스의 면역력이 없었기에 수십만 명이 병으로 죽었다. 이후 잉카제국은 스페인 제국의 혹독한 통치하에서 신음하게 된다.

율곡 이이는 《격몽요결(擊蒙要訣)》에서 인생을 망치게 하는 8가지 나쁜 습관을 ① 놀 생각만 하는 습관, ② 하루를 허비하는 습관, ③ 자기와 같은 생각을 하는 사람만 좋아하는 습관, ④ 헛된 말과 글로 칭찬을 받으려는 습관, ⑤ 풍류를 즐기며 인생을 허비하는 습관, ⑥ 돈만 가지고 경쟁하는 습관 ⑦ 남 잘되는 것을 부러워하며 자신의 처지를 비관하는 습관, ⑧ 절제하지 못하고 재물과 여색을 탐하는 습관이라고 했다.

멋지게 살고 싶지 않은 사람은 없다. 문제는 실행에 답이 있다. 요행, 과음, 과도한 TV 사용, 게으름, 부정적 사람과의 만남을 피해야 한다. 우리에게 최고의 시간은 아직 오지 않았다. 꿈과 미래를 담을 행복, 사랑, 헌신을 준비하자.

18
노블레스 오블리주

1347년, 영국과 프랑스의 전쟁에서 프랑스 항구도시 칼레시(市)는 영국의 집중 공격을 받아 항복하게 되었다. 영국 국왕은 오랫동안 전쟁을 끌어온 칼레 시민 전체를 죽이려고 했다. 그러나 칼레 측의 사절과 측근들의 조언으로 그 말을 취소하는 대신 다른 조건을 내걸었다. 모든 시민의 안전을 보장하겠지만 시민 중 6명을 전체를 대신하여 처형하겠다는 것이다. 그때 상위 부유층 중 한 사람인 외스타슈 드 생 피에르가 죽음을 자청하고 나섰다. 그 뒤로 고위 관료, 상류층 등이 직접 나서서 영국의 요구대로 목에 밧줄을 매고 자루 옷을 입고 나왔다.

잉글랜드 왕비였던 에노의 필리파가 이들을 처형한다면 임신 중인 아이에게 불길한 일이 닥칠 것이라고 설득하여 극적으로 풀려나게 된다. 결국 이들의 용기 있는 행동으로 모든 칼레의 시민들은 목숨을 건지게 되었다.

사회 고위층 인사에게 요구되는 높은 수준의 도덕적 의무. 노블레스 오블리주의 대표 사례이다.

현대에 이르러서도 'No pains, no gains(수고 없이 얻는 것은 없다)' 속담은 계층 간 통합을 이루는 수단으로 여긴다. 실제로 제1차 세계대전과 제2차 세계대전에서는 영국의 고위층 자제가 다니던 이튼칼리지 출신 중 2,000여 명이 전사했다. 6·25 전쟁 때에도 미군 장성의 아들 35명이 목숨을 잃거나 부상을 입었다. 중국 지도자 마오쩌둥이 6·25전쟁에 참전한 아들의 전사

소식을 듣고 시신 수습을 포기하도록 지시했다는 일화도 유명하다.

19 항상 옳은 것은 없다

탈무드에 나온 이야기다.

항해 중이던 배 한 척이 갑자기 불어 닥친 폭풍우에 그만 항로를 잃고 무인도에 머물게 되었다. 그 섬에는 천연의 풍경과 먹음직스러운 과일들이 널려 있었다. 승객들의 행동은 네 부류로 나눠졌다.

첫 번째 부류는 섬이 아름답다고 말은 하지만 배에서 내리지도 않았다. 혹시 섬을 구경하고 있는 동안 배가 갑자기 떠날까봐 두려웠기 때문이다.

두 번째 부류는 서둘러 섬으로 내려가 꽃향기도 맡고, 과일을 실컷 먹었다. 그리고 배로 돌아왔다.

세 번째 부류의 승객들은, 배가 떠나려고 닻이 올라가는 것을 바라보면서도 서둘러 돌아오지 않았다. 돛을 달려면 아직 시간이 충분하다는 생각으로 마냥 쉬고 있었다. 그런데 배가 포구에서 떠나려고 하자, 허겁지겁 물에 뛰어들어 헤엄쳐 겨우 배에 올라탔다.

네 번째 부류의 승객들은, 섬에 내려가 그 경치에 도취하여 먹고 즐기느라 배가 떠나는 것조차 몰랐고, 그들은 결국 섬에서 살아야 했다. 그들 중 일부는 맹수에게 죽임을 당하고 낯선 섬에 적응하지 못해 모두 죽었다.

당신은 누가 지혜롭게 행동한 부류의 사람이라고 생각하는가? 두 번째 부류의 승객들이 지혜롭다. 그들은 과일을 따 먹으면서 적당하게 휴식한 후 늦지 않게 배로 돌아와 목적지로 출발할 수 있었다.

인생은 기차여행과 같다. 부모님이 표를 끊어주셔서 시작한 여행으로 보통 부모님이 먼저 역에 내린다. 여행은 이어져 새로운 역과 경로도 바뀌고, 간혹 사고도 난다. 우리는 언제, 어느 역에서 내리게 될지 모르지만, 시간의 흐름에 따라 기차에 오르는 승객들과 같이 사회질서를 지키면서 여행하는 것이다.

행복한 여행이 되기 위해서는 상대방의 눈살을 찌푸리게 하는 태도는 곤란하다. 비판적 태도는 현상이나 문제를 해결하기에 앞서 상대의 의지를 꺾는다. 수동적이고 소극적인 태도도 오해의 소지가 있다. 특히 강압적인 태도는 관계를 위축시킨다.

자기만 옳다고 생각하는 것은 잘못이다. 탈무드는 '남 탓 말고 스스로 잘못을 인정하라'고 교훈한다. '사람들은 길 가다가 넘어지면 돌부리를 탓한다. 돌이 없으면 언덕을, 언덕이 없으면 자기 구두를 탓한다.' 주옥같은 교훈과 탁월한 생각을 가져도 남 탓하고 실행에 옮기지 않으면 아무 일도 일어나지 않는다. 한 번에 한 가지 일만 하라. 올바른 태도는 힘이다. 지식보다 강한 힘이다.

20

다모클레스의 칼(Sword of Damokles)

기원전 4세기, 고대 그리스 디오니시우스 왕은 평소 화려하고 마음껏 권력을 누리는 왕의 자리를 부러워했던 친구 다모클레스에게 말했다.

"그렇게 부러우면 자네가 이 자리에 앉아보겠나?"

"감사합니다."

감격에 겨워 왕좌에 앉은 그가 우연히 고개를 들어 위를 보았다. 날이 시퍼런 커다란 칼이 자기 머리를 겨냥하고 있지 않은가? 금방이라도 떨어질 듯 실 한 가닥에 매달려 있는 것을 보고 왕 자리에서 내려왔다.

"아뿔싸! 이것이 바로 임금의 자리였군요!"

겉으로는 부족함 없이 호화롭게 보이지만 언제 떨어질지 몰라 긴장과 위험에 떠는 자리가 권력자라는 것을 상징적으로 보여주는 이야기다. 왕관을 쓰려는 자는 그 무게를 견뎌야 한다.

우리는 누구나 자기 인생의 왕이고 리더다. 이 순간 현재 자리에서 주인공으로서 실천해야 할 비법은 첫 번째, 타인을 향한 감정 소모를 멈추고 진실하게 사람들을 대한다. 두 번째, 천지만물의 이치를 꿰뚫고 실행에 옮기려는 노력이 필요하다. 세 번째, 사회적 책무를 감당하는 것이다.

영국 사회개혁자 새뮤얼 스마일스는 '자조론(自助論)'에서 "정치 개혁만으로 사회악을 타파할 수 없고, 사회구성원 개개인의 개혁이 동반돼야 한다. 다른 사람의 힘에 의존하지 않는 자조 정신의 동력은 인격이다. 노동을 통해 자제력, 주의력, 적응력, 인내심을 키우게 되는 만큼 노동하지 않으면 아무것도 이루어 낼 수 없다"라고 강조했다.

셰익스피어는 "왼손엔 책을, 오른손엔 흙손을 들라"고 했다.

율곡 이이는 후회하지 않는 인생을 위해 성찰의 지표로 '자경문(自警文)'을 벽에 걸고 늘 읽었다. '자경문'의 요지는 다음과 같다.

첫째는 입지(立志)다. 큰 뜻을 품고 성인이 되기 위해 끊임없이 노력하겠다는 의지다. 둘째는 과언(寡言)으로, 마음이 안정되면 말실수하지 않는다는 자기 다짐이다. 셋째는 정심(定心), 자신을 멋대로 내버려두지 않겠다는 뜻이다. 넷째는 근독(謹獨)으로 혼자 있을 때도 몸가짐과 언행을 조심해야 한다는 것이다. 다섯째는 독서(讀書)다. 행동에 앞서 숙고할 수 있도록 책 읽기를 게을리하지 않았다. 여섯째는 소제욕심(掃除慾心)으로 재산과 명예욕을 경계한다는 의미다. 일곱째는 진성(盡誠), 무슨 일이든 정성을 다한다는 뜻이다. 여덟째는 정의지심(正義之心), 천하를 얻더라도 불의를 행하지 않고, 누구도 다치지 않게 하는 다짐이다. 아홉째는 감화(感化)로, 날 해치려는 누군가가 있다면 먼저 반성하고 그의 마음을 돌려놓아야 한다는 의미다. 아홉째는 수면(睡眠), 마음이 항상 깨어있어야 한다는 뜻이다. 마지막은 용공지효(用功之效)다. 공부와 수양을 게을리하지 않되 너무 서두르지도 않겠다는 뜻이다.

21

고흐, 고갱의 우정

후기 인상주의를 대표하는 고흐와 고갱의 2년여의 우정과 파탄은 유명하다. 오늘날 두 사람의 그림값은 사상 최고치를 경신하고 있지만, 그들은 살아생전에 큰 인기를 누리지 못한 가난한 화가였다. 두 사람 모두 정식 교육을 받지 않았다. 그래서 자신들만의 화법으로 독창적 회화를 만들었고, 불굴의 열정과 의지로 가난과 싸워야만 했다.

네덜란드 출신 고흐(1853~1890)는 미술상, 성직자에서 뒤늦게 화가의 길을 선택했다. 어두운 색채와 비참한 주제를 거침없고 솔직하게 표현했다. 고갱(1848~1903)은 주식 브로커였고, 계획적 성격으로 유럽 문명을 부정하고 원시를 그리워하면서, 원근을 무시한 구도와 단순화된 형태 등의 다양성을 보여주었다.

고갱과 고흐는 1888년 두 달 동안 노란 집에서 동거했다. 고갱은 오만한 자부심으로 악명이 높았고, 고흐는 불안정한 정신과 행동을 보이는 등 서로 너무 몰랐다.

그림을 놓고 크게 싸운 뒤 고갱은 고흐에게 결별을 통보한다. 고흐는 귀를 자르고 정신병원에 입원했고 나중에 권총으로 자살했다. 고갱도 병마에 시달리면서 처절한 패배감의 방랑길로 떠난다. 고흐와 고갱은 예술적 동지였지만, 같은 곳을 바라보지 못했다.

비록 세상이 어둡고 슬픔에 가득 차 있더라도, 생각은 홀로 해도, 좋은 사람과의 교류와 공감을 할 수 있다면 여전히 아름답고 숭고하다. 이를 위해서는 사람 보는 눈과 올바른 선택이 중요하다. 공자는 《논어》 〈위정편〉에서 사람을 판단하기 전에 세 가지, 시(視)·관(觀)·찰(察)을 살펴보라고 한다. 시(視)는 그냥 사람의 행동을 육안으로 보고, 관(觀)은 좀 더 자세히 숨은 뜻을 가지고 보며, 찰(察)은 살펴보는 그 사람이 편안한지를 꿰뚫어 보는 것이다.

맹자의 사람 판별법도 아주 단순하다. "사람을 살피는데 눈동자보다 더 좋은 것은 없다. 눈은 악한 마음을 숨기지 못한다. 마음이 바르면 눈동자가 밝고, 바르지 못하면 눈동자가 흐리다. 그 말을 듣고 그 눈동자를 살피면 어떻게 숨길 수 있겠는가?"

22

인생아! 고맙다

한 교수가 대학 강의 시간에 질문을 던졌다.

어떤 부부가 유람선 여행 중 폭풍우를 만나 파선하게 되었다. 마침 구조정에는 자리가 하나밖에 없었다. 남편은 침몰하는 배에 부인을 남겨두고 혼자 구조정에 올랐고, 부인은 가라앉는 배 위에서 남편을 향해 소리를 질렀다.

"여러분, 이런 위급한 상황에서 부인은 남편을 향해 무슨 이야기를 했을까요?"

"남자인 당신을 저주해요!"

학생들은 격분했고 남편을 욕하는 대답이 여기저기서 이어졌다.

교수는 이때 한마디도 안 하는 학생에게 다가가서 물었다.

"자네는 어떻게 생각하는가?"

그 학생의 대답은 의외였다.

"부인은 아마 '우리 아이들 잘 키워 달라'며 울부짖었을 것 같아요."

선생님은 깜짝 놀라며 물었다.

"이 얘기를 어디서 들어 봤나?"

"아니요. 어릴 때 저의 어머님이 돌아가시면서 아버지께 그렇게 말씀하셨어요."

내막은 이렇다. 부인은 이미 고칠 수 없는 폐암 말기로 남편과 함께 세상을 떠나기 전 마지막 여행 중이었다. 배가 침몰한 뒤 남편은 무사히 집으로 돌아와 자녀 둘을 잘 키웠고, 그 남편도 몇 년 후 병으로 죽었다. 교수가 이야기를 끝내자, 교실은 한동안 침묵이 흘렀다.

워털루 전쟁의 영웅 웰링턴 장군은 승전 기념 파티에서 보석이 박힌 지갑을 자랑했다. 얼마 안 돼, 웰링턴은 지갑이 사라졌다고 소리친다.

"보석 지갑을 훔쳐 간 범인을 잡겠다. 문을 닫아라."

하객들이 호주머니 검사를 할 때 늙은 상사는 검사를 반대하며 황급히 문을 박차고 나갔다. 사람들은 상사를 범인으로 생각했다.

1년 후 다시 파티가 열렸는데, 외투를 입던 웰링턴은 깜짝 놀랐다. 도둑맞은 줄 알았던 보석 지갑이 외투 주머니에 들어 있었던 것이다. 웰링턴은 황급히 상사를 찾아가 용서를 구했다.

"왜 검사를 거부했습니까?"

"그날 밤 아내와 아이들이 굶고 있었습니다. 제 주머니에는 가족에게 줄 빵 몇 조각이 들어있었습니다."

웰링턴은 통곡하며 용서를 구했다. 옳고 그름은 신의 영역으로, 인간은 부족함을 깨닫고 메울 뿐이다.

정약용은 아들에게 세상을 제대로 살아가는 두 가지의 큰 기준을 이야기했다. 첫 번째는 옳고 그름(是非)의 기준이고, 두 번째는 이롭고 해로움(利害)의 기준이다. 이 두 가지 기준에는 4가지의 등급이 있다. 1등급은 옳음을 지키면서도 이익을 얻는 삶이고, 2등급은 옳음을 지켰지만 해를 당하는 삶이다. 3등급은 그름을 좇으면서 이익을 얻는 삶이고, 가장 낮은 4등급은 그름을 좇으면서도 해를 당하는 삶이다.

모든 사람이 1등급의 삶을 원하지만 실제로는 행하기 어렵다. 어려움을 당할 때 용기로 옳음을 지키려는 노력이 필요하다. 공자도 《논어》 〈위정편〉에서 말했다. "제사 지내지 않아야 할 귀신에게 제사를 지내는 것은 아첨하는 것이고, 옳은 일인 줄 알면서도 실행하지 않는 것은 용기가 없는 것이다."

23

이름에 합당한 삶

알렉산더 대제 휘하에 알렉산더라는 병사가 있었다. 그 병사는 게으르고 형편없는 생활을 하면서 알렉산더라는 이름에 먹칠을 하고 다녔다. 어느 날 알렉산더 대제는 알렉산더 병사가 있는 막사로 찾아가 다음과 같이 명령을 내렸다. “자네 이름이 알렉산더라지? 그렇다면 자네 이름을 바꾸든가 아니면 자네의 생활 태도를 바꾸도록 하게. 그래서 그 이름의 오욕을 씻게!”

시인 김춘수의 〈꽃〉에는 다음과 같은 구절이 있다. “내가 그의 이름을 불러주었을 때, 그는 나에게로 와서 꽃이 되었다.” 혼자 웃는 거울이 없듯이 내가 먼저 행복의 눈길을 줄 때 행복이 다가온다.

피터 드러커는 “당신은 어떤 사람으로 기억되기를 원하십니까?”라고 묻는다. 좋은 삶을 위해서는 소명 의식을 가져야 한다. 중국의 철학자 펑유는 죽기 전 딸에게 “무서워 말거라. 나는 살면서 내가 해야 할 일을 모두 끝냈다”라는 말로 위로했다. 빈민가 미혼모의 사생아로 태어난 오프라 윈프리는 10대를 마약

중독자로, 성폭행 등으로 힘겹게 살았지만, 지금은 성공한 유명 인사가 되었다. 그녀는 자서전《이것이 사명이다》에서 네 가지 사명을 이야기한다.

"하나, 남보다 더 가졌다는 것은 축복이 아니라 사명이다. 둘, 남보다 아파하는 것이 있다면 그것은 고통이 아니라 사명이다. 셋, 남보다 설레는 꿈이 있다면 그것은 망상이 아니라 사명이다. 넷, 남보다 부담되는 어떤 것이 있다면 그것은 사명이다."

그렇다. 인간은 환경에 지배당하는 것이 아니라 환경을 극복할 때 위대해진다.

인간의 삶은 고행으로, 태어나면서부터 죽을 때까지 끝없는 경쟁 속에서 살아간다. 고난은 적잖은 스트레스이지만 성장의 원동력이 되기도 한다. 괴테의 말이다. "나는 인간이다. 그것은 곧 경쟁하는 자라는 것을 의미한다." 지위나 학식이 사람을 행복하게 만들지 못한다. 사명감을 가슴에 품고 남을 대접하자! 세상을 즐거운 소풍으로 만들라!

2장

인생의 태도

당신은 행복한가?

통계청이 발표한 '국민 삶의 질 2022' 보고서에 따르면 한국인 삶의 만족도는 10점 만점 중 5.9점에 불과하다. 경제협력개발기구(OECD) 38개국 가운데 36위로, 한국보다 낮은 곳은 지속한 내전으로 사회적 갈등이 큰 콜롬비아(5.8점)와 이번에 지진 피해를 당한 튀르키예(4.7점)뿐이다. 현행 헌법 10조에 '모든 국민은 인간으로서의 존엄과 가치를 가지며, 행복을 추구할 권리가 있다'라는 천부인권인 행복추구권이 있음에도 아직도 압축 성장의 그늘에서 벗어나지 못한 상황이다.

사람들은 그다지 다르지 않다. 차이가 아주 사소해도 결과의 차이는 거대하다.

차이가 태도를 바꾸고, 태도가 운명을 바꾼다. 우리가 조심해야 할 태도는 무책임, 무관심, 무기력이다. 종이 한 장 차이로 겁쟁이가 되기도 영웅이 되기도 하기 때문이다. 성공하고 싶다면 싫은 것을 바꿔라. 만약 바꿀 수 없다면 태도를 바꾸면 된다. 내 인생은 오롯이 내 책임이다.

부와 성공의 태도에 가려진 허상을 과감히 내려놓자! 주어진 환경을 바꿀 수 없다면 적응하고 이겨내라. 실패는 인정하되 약간 둔감해질 필요가 있다. 실패한 것이 문제가 아니라 실패의 충격에서 벗어나는 것이 더 중요하다. 새롭게 도전하고 가슴 울렁거리는 것을 배울 때 행복의 꽃이 활짝 핀다.

24

소중한 지혜

어떤 사람이 랍비에게 왔다.

"유대교에 대하여 알고 싶습니다. 제자로 삼아 주세요."

"당신은 탈무드를 공부하고 싶다지만 아직 자격이 없소."

그는 물러서지 않고 간청했다.

"꼭 배우고 싶으니 자격 여부라도 시험해 주세요"

할 수 없이 랍비는 간단한 시험문제를 냈다.

"두 아이가 여름휴가 때 굴뚝을 청소했소. 한 아이는 얼굴이 새까맣게 되어 굴뚝에서 내려왔고, 또 한 아이는 그을음 하나 묻지 않은 말쑥한 얼굴로 내려왔소. 그렇다면 당신은 어느 쪽

아이가 얼굴을 씻을 거라고 생각하오?"

"그야 물론 얼굴이 더러운 아이겠지요."

제자의 대답에 랍비는 고개를 저으며 말했다.

"그렇지 않소, 얼굴이 더러운 아이는 깨끗한 아이를 보고 자기 얼굴도 깨끗하다고 생각하여 씻지 않지만, 얼굴이 깨끗한 아이는 얼굴이 새까매진 아이를 보고 자기 얼굴도 그러겠다고 생각하고 씻게 되는 것이오."

상인 두 명이 짐을 잔뜩 싫고 산에 오르고 있었다. 한 상인은 "이 산이 평탄했으면 좋았을 텐데"라고 한탄했다, 다른 상인은 미소 지으며 "저도 지금 같은 산을 오르고 있어 힘이 들지요. 그래도 이 산이 더 높았으면 합니다. 그렇게 되면 모든 상인이 도중에 돌아가겠지요"라고 했다.

지식과 지혜의 차이를 깨닫게 하는 예화다. 지식이 교육이나 경험 등을 통해 얻은 체계화된 인식이라면, 지혜는 사물의 이치나 상황의 성찰과 깨달음이다. 지혜는 지식에 삶의 경험과 사고력이 더해진 것으로, 고통과 난관을 통과할 때 삶의 기쁨이 커진다. 아인슈타인은 전문지식만 갖춘 사람은 잘 훈련된 개와 같은 상태라고 했다. 지식만으론 참된 인성을 갖추기 어렵다는 비유의 말이다. 지식은 세상을 눈으로 보고, 지혜는 세상을 마음으로 보기 때문이다.

지혜는 재산보다 더 소중하다. 사람은 지혜에 의해 가치와 소명을 알게 된다. 인간의 욕망은 끝이 없다. 히말라야 산더미 같은 황금이 있어도, 끝이 보이지 않는 땅을 소유하고 있어도 사람의 욕심은 다 채우기가 어렵다. 그러므로 지혜로운 사람은 가진 것에 만족한다. 살아가는 데 필요한 지혜를 모두 갖출 수는 없겠지만, 항상 남에게 도움과 행복을 주는 통로가 되어야 한다.

25
금화보다 값진 정직

어느 마을의 정직한 젊은이가 사 온 빵을 먹다가 빵 속에 금화가 들어있는 것을 발견하고 빵 가게로 달려갔다.

"이 금화가 빵 속에 들어 있었습니다. 자 받으세요."

"그럴 리가 없는데…."

"자네가 산 빵이니 금화도 자네 것이네. 금화를 받을 수 없어."

"아닙니다. 이건 할아버지께서 가지셔야 해요."

서로 자기 것이 아니라고 실랑이하는 것을 보고 한 신사가 좋은 방안을 제안한다.

"두 분 다 행복해지는 방법은 먼저 젊은이는 정직한 마음으로 금화를 할아버지께 드립니다. 그 후 할아버지는 금화를 돌려준 젊은이에게 정직한 마음의 대가로 젊은이에게 다시 돌려주십시오."

"아, 그거 좋은 생각이네요"라고 구경꾼들도 외쳤다.

할아버지는 금화를 받고 젊은이에게 돌려주면서 다음과 같은 말을 하였다.

"여러분, 나는 이제 너무 늙어서 빵 가게 일을 더 하기 어려운 형편입니다. 저에게는 아내도 없고 자식도 없지요. 그래서 제가 평생 모아 놓은 재산을 어찌하면 좋을지 곰곰이 생각해 보았습니다."

"나는 정직이 세상에서 가장 귀한 덕목이라고 생각해서 가끔 금화를 넣은 빵을 만들어 팔았지만 빵 속에서 금화를 발견했다고 제게 가져온 사람은 없었습니다. 그런데 오늘 이 젊은이가 처음으로 금화를 가지고 찾아온 것입니다."

"자네가 괜찮다면 좋다면 이 늙은이를 아버지로 여겨주면 더 고맙겠네."

구경하던 사람들은 박수 치며, 정직한 젊은이를 축하해 주었다.

한 가지 거짓말을 진실로 여기게 하기 위해서는 몇 배의 거짓말을 해야 한다. 거짓은 100년이 지나도 진실이 될 수 없다. 거짓말처럼 비열하고 가련하고 경멸스러운 것은 없다.

서양인들이 부정직을 살인이나 강도와 같은 의미의 죄로 여기지만 우리는 부정직을 그보다는 한 단계 낮은 죄로 여긴다. 닉슨은 도청을 했기 때문이라기보다는 도청하지 않았다고 거짓말했기 때문에 대통령 자리에서 쫓겨났다. 노사 갈등으로 희망이 없던 스웨덴을 모범국가로 이끈 타게 엘란데르는 45세부터 23년간 총리를 역임하였다. 그가 장기 집권 후 물러났을 때 살 집이 없는 청백리인 것에 국민은 놀랐다. 그의 부인이 '정부용'이라고 쓰인 한 뭉치의 볼펜을 들고 장관을 찾아갔다. 부인은 "남편이 총리 시절 쓰던 볼펜인데 이제는 정부에 반환하는 것이 맞다"고 말했다. 정직만큼 부요한 재산은 없다.

26
연습밖에 길이 없다

세계적인 발레리나 강수진의 울퉁불퉁하고 상처투성인 발

사진이 인터넷에 공개되면서 화제가 된 적이 있었다. 아름다운 얼굴보다도 그녀의 발은 인간의 한계를 극복한 훈장과도 같았다. 강수진은 1985년 세계 최고 권위의 주니어 발레 로잔 콩쿠르에서 1위를 차지했다. 1986년에는 슈투트가르트발레단에 최연소 단원으로 입단했다. 강수진이 데뷔할 때부터 곁에서 그녀를 지켜본 슈투트가르트의 예술감독 리드 앤더슨은 '수진은 데뷔 때보다 지금이 더 아름다운 발레리나'라며 '시간이 흐를수록 빛이 나는 무용수'라고 평가했다.

강수진은 고전무용을 하다 선화예중 1학년 때 발레로 전공을 바꿨다. "늦게 시작한 발레, 최고가 되기 위해선 연습밖에 길이 없었어요"라고 한다. 외국으로 유학 가서도 하루 10시간 넘게 강훈련을 했다. 기숙사 경비가 잠들 때까지 기다렸다가 몰래 연습실로 가서 밤새우며 연습했다. 그 무렵 잠을 잔 기억이 거의 없다고 했다. 그녀는 혹독한 훈련을 지속한 결과 1996년 프리마 발레리나로 등극했다.

무슨 일이든지 한 분야의 대가가 되기 위해서는 꾸준함과 생각의 근육을 단련시켜야 한다. 원하는 것을 얻기 위해서는 내가 무엇을 원하는지 결정하고, 그 목표를 향한 열정을 가져야 한다. 러시아 출신의 피아니스트 안톤 루빈시테인은 "하루 연습하지 않으면 자기가 알고, 이틀 연습하지 않으면 동료가 알고, 사흘 연습하지 않으면 청중이 안다"라고 했다. 규칙적인 생활로 알려진 철학자 칸트는 매일 정해진 시간에 글을 썼다, 매일 새벽 5시에 일어나 7시까지 글 쓰는 걸 죽기 전까지 지속했다. 문제는 목적지에 얼마나 빨리 가는가가 아니라, 그 목적지가 어딘가이다. 완벽한 사람이 아닌 열심인 사람이 되어야 하는 이유이다.

27
욕망의 전차

19세기 위대한 프랑스 작가 플로베르의 소설 《마담 보바리》는 현대소설의 시발점인 기념비적인 고전으로 당시 많은 논란을 일으켰다. 부르주아 기혼 여성의 욕망과 파멸 이야기로 작품 초기부터 질타의 대상이었다. 프랑스 당국은 종교 모독과 풍기 문란 가능성으로 소설의 내용 일부를 삭제하라는 요구까지 했다. 그런데도 플로베르는 "욕망 실현을 위해 처절하게 몸부림친 한 여인의 이야기가 비난받아 마땅한 면이 있지만 일말의 도덕적 교훈도 담고 있다"고 변론했고, 이것이 인정되어 무죄판결을 받는다.

《마담 보바리》는 평범한 한 여성의 꿈과 현실의 차이가 빚어내는 비극적 종말을 그렸다. 로맨틱한 영혼에 관한 동경과 사랑에 관한 환상 그리고 지나친 욕망이 얼마나 무서운지를 깨닫게 된다. '보바리즘'이라는 신조어를 탄생시켰는데 '지나치게 거대하고 헛된 야망 또는 상상과 소설 속으로의 도피'라는 뜻이다. 욕망은 눈을 멀게 한다. 인생은 생각대로 되기 어렵다. 결혼한다고 꿈꾸는 행복이 저절로 다가오는 것도 아니다. 그렇다고 상대방을 원망하고 책임을 전가해서도 해결 방안이 나오지 않는다.

미국의 극작가 테네시 윌리엄스 문호의 희곡 〈욕망이라는 이름의 전차〉는 초연 직후인 1948년 '퓰리처상'을 수상했다. 한 여성이 파멸로 도달해 가는 과정을 그렸는데, 요즘 막장 드라마와 유사하다.

주인공 블랑쉬 드부아는 남부 명문가의 장녀로 젊은 시절에는 아름답게 시작했지만, 동성애자인 남편의 자살과 집안의 몰락으로 이어진다. 현실을 회피하기 위해 여러 남자를 유혹했으며, 학교 선생님으로 일하다가 학생을 건드리는 스캔들로 인해 고향에서 쫓겨나고 윤락녀로 추락한다. 화려한 과거만을 돌아보며 계속해서 허상을 좇지만, 결국 파멸로 종말을 맞는다. 욕망의 끝은 죽음이다. 인간은 욕망이 충족될수록 더 큰 욕망을 추구하는, 만족할 수 없는 동물이다.

욕망의 노예가 되어 삶을 타락시켜서는 안 된다. 올바른 꿈과 탐욕을 스스로 다스려 나갔으면 한다.

28
장자의 호접몽

장자가 어느 날 꿈을 꾸었다. 자신이 나비가 되어 꽃과 꽃 사이를 훨훨 날아다니는 꿈이었다. 잠에서 깬 장자는 문득 이런 의문이 들었다.

"내가 나비의 꿈을 꾼 것인가, 아니면 원래 나는 나비이고 지금 살아가는 이 세상이 꿈속인가?"

꿈과 현실이 맞닿아 있다. 현실에서는 거지지만 꿈속에서는 왕으로 사는 사람과 다를 바 없다는 〈제물론(齊物論)〉과도 연결된다. 모든 사물은 인연 따라 서로 변화할 뿐, 시간과 공간을 초월한 붕새의 눈으로 내려다보면, 장자와 나비의 분별이 없어진다. 장자는 '소요유(逍遙遊)'의 모든 속박에서 벗어나 자유롭게 놀라고 한다. 험한 세상사 모두 잊고, 어느 것에도 의지함이 없이 지낼 때, 인생은 '한바탕 신명 나게 놀다가는 놀이터'가 된다. 호접몽을 통해 세상에는 쓸모없는 것이 없다. 세상에 혼자 웃는 거울은 없다. 인간은 자기가 보고 싶은 것만 보는 경향이 짙다. 세상을 향해 찌푸리면 세상은 당신에게 험상궂은 모습을 비출 것이고, 세상을 향해 웃으면 다정하고 친절한 친구가 된다.

누군가의 마음을 움직이고 싶다면 정교한 이론이나 비난 대신 '당신은 소중한 존재'라고 인정하면 된다. 비록 현대사회에서 '기브 앤 테이크'에 길들여 있다고 하지만 남에게 대접받고 싶다면 내가 먼저 남을 대접해야만 한다. 남을 높이는 마음과 도덕적 정직은 처세술의 최고봉이다. 상대방을 존중하는 인간관계야말로 최소한의 도덕률이자, 신이 인간에게 준 최상의 작품이다.

인생을 바꾸기 위해서는 생각의 전환이 요구된다. 익숙한 패턴에서 조금만 벗어나 관점을 달리하고 주변의 약자에게 손을 내밀면 전에는 몰랐던 완전히 새로운 세계가 나타날 것이다. 니체는 우리에게 '익숙함과 결별하고 내가 원하는 나로 살라'고 권면한다. 진품으로 태어나 모조품으로 살아가는 것은 일종의 타락이자, 인생의 예의가 아니다. 스스로 원하는 삶을 살기 위해서는 삶을 주도적으로 창조해 나가야 한다. 창조적 삶은 모든 것을 포함한다. 선한 영향력을 끼치도록 노력하고 어제보다 낳은 삶을 유지하는 것이다.

세상에서 가장 소중한 자신을 사랑하는 방법은 ① 스스로에 대한 부정적인 시각을 떨쳐내고, 믿음으로 극복한다. ② 완벽주의에서 벗어난다. ③ 사고의 균형과 험담을 피한다. ④ 최선을 다하고 결과는 하늘에 맡긴다. 끝으로 자신을 소중하게 여기는 것은 건강과 사랑으로부터 나오며, 배려하고 아끼는 행위이다. 당신은 이 모든 것을 누릴 자격이 있다.

29
친절은 세상을 아름답게

다카지마야 백화점에서 있었던 일이다. 어느 날, 남루한 복장의 40대 초반 여성이 백화점 지하 식품부에 들어왔다. 그녀는 포도송이가 놓인 식품 코너 앞에 서서 한없이 울기 시작했다. 이상하게 생각한 여직원은 다가가서 왜 우시냐고 물었다.

"저 포도를 사고 싶은데 돈이 2백 엔밖에 없어 살 수가 없어요."

그 포도 한 송이의 값은 무려 2천 엔으로 잘라 팔게 되면 상품 가치가 떨어진다. 여직원은 잠시 고민했다. 뭔가 말 못 할 사연이 있겠지, 생각한 후 직원은 가위를 가져와 2백 엔어치를 잘라서 포장지에 곱게 싸서 여인에게 팔았다. 그 여인은 포도송이 2백 엔어치를 산 후 나는 듯이 사라졌다.

두 달 후 일본의 마이니치 신문에는 묻힐 뻔한 이야기가 독자투고 기사로 살아났다.

"우리에게 신만큼이나 큰 용기를 준 '다카시마야' 식품부 여직원에게 정말 감사드린다. 11세 딸이 백혈병으로 회생의 여지가 없었다. 죽기 전 마지막 소원이 포도를 먹는 것이었는데 너무 가난해서 아이의 소원을 들어줄 수 없었다. 그런데 그 소원을 '다카시마야' 여직원이 들어준 것이다."

백화점 식품부 여직원은 포도송이를 2백 엔어치 잘라 내면 상품 가치가 떨어진다는 것을 누구보다 잘 알고 있었지만, 손님을 차별하지 않은 것이다.

그 기사를 읽은 1천만 명의 시민들은 펑펑 울었고, 이 일로 인해 다카지마야 백화점은 일본 최고의 백화점임을 다시 한번 입증했다.

이 백화점은 1831년 미곡상으로 출발했고, 사훈은 '우리의 목표는 친절'이었다. 창업주였던 이다신치(飮田新七)가 후손들에게 당부한 말이 시금석처럼 이어지고 있다. "물건이 좋고 나쁜지를 미리 고객에게 알리고 판매하라" "손님을 빈부귀천에 따라 차별하지 말라" "정직하게 물건을 팔라"는 신뢰를 강조했다. 친절은 어떤 아름다운 것을 능가한다. 친절보다 더 강한 것은 없고, 훌륭한 지혜가 곧 친절이다.

30

생존을 위한 《손자병법》

세계 3대 인생서로 마키아벨리의 《군주론》, 손무의 《손자병법》, 그라시안의 《세상을 보는 지혜》를 꼽는다. 동양 최고의 병법서는 단연 《손자병법》이다. 《손자병법》은 중국 오나라의 손무가 편찬한 무경칠서의 하나로 전략과 전술의 법칙과 준거를 상세하게 설명하고 중국의 전쟁 체험을 집대성한 것이다.

일본 소프트뱅크 창업자 손정의는 자신의 성공을 《손자병법》과 연관시킨다. "《손자병법》이 없었다면 나도 없다. 27살 때 《손자병법》에 기반한 제곱 병법 전략의 초안을 잡은 후 지금까지 중요한 고비가 있을 때마다 지침으로 삼아왔다. 새 사업에 뛰어들 때, 시련을 겪을 때, 중장기 비전 및 전략을 세울 때 등 끊임없이 이 25자를 떠올렸다."

바로 '일류공수군, 도천지장법, 지신인용엄, 정정약칠두, 풍림화산해(一流攻守群, 道天地將法, 智信仁勇嚴, 頂情略七鬪, 風林火山海)'의 총 25글자가 손정의 병법을 재탄생시킨 것이다.

"사업추진의 빠르기는 바람처럼, 조용하기는 숲처럼, 공격은 불처럼, 움직이지 않는 것은 산처럼, 묵묵히 펼쳐진 바다처럼, 넓고 굳세게 사업을 밀고 나가는 비즈니스에서 빠르게 상황을 정확하고 판단하여 기회를 놓치지 않는 전략적 민첩성을 의미한다."

《손자병법》은 시공을 넘어 인간사회에 정통한 원리를 제시한다. 빌 게이츠, 마크 저커버그 등 글로벌 리더들이 《손자병법》을 가까이하는 이유다. 기업가 출신 트럼프 전 대통령도 《손자병법》을 '꼭 읽어야 하는 소중하고 가치 있어 사업과 경영 전략에 매우 유용한 책'이라고 했다. 여생을 '전쟁이 아닌 소풍'으로 살고 싶다. 고요하고 부담되지 않고, 힘들지 않은 희망 메시지를 펼치면서 말이다.

31

혀 아래 도끼가 들었다

미국이 독립된 지 얼마 지나지 않을 때, 멋진 군복을 차려입은 젊은 장교가 멀리서 밭을 매고 있는 노인을 발견하고 불렀다.

"노인장, 물속에 잠긴 징검다리를 건너야 하는데, 나를 업고 건너가 줄 수 있소? 멋진 군복이 젖어서야 되겠소?"

노인 등에 업혀 가던 장교가 물었다.

"군대에 사병으로 다녀왔소?"

"그보다는 높은 직위였습니다."

"그럼, 장교요, 그다음 장군?"

장교를 업고 간 사람은 미국 초대 대통령인 조지 워싱턴이었다. 젊은 장교는 혀가 굳어서 더는 말을 이어가지 못하고 죄송하다는 말을 할 뿐이었다.

수렵시대에는 화가 나면 돌을 던졌다. 고대 로마 시대엔 몹시 화가 나면 칼을 들었다. 미국 서부 시대에는 총을 뽑았다. 현대에는 화가 나면 '말 폭탄'을 던진다.

화살은 몸에 상처를 내지만 험한 말은 영혼에 상처를 남긴다. 물고기가 언제나 입으로 낚이듯 인간도 입으로 걸린다. 옛 사람들은 '혀 아래 도끼 들었다'고 말조심을 당부한다. 스페인 격언 중에는 '화살은 심장을 관통하고, 매정한 말은 영혼을 관통한다'는 말이 있고, 불교《천수경》첫머리에는 '정구업진언(淨口業眞言)'이 나온다. 이것은 입으로 지은 업을 깨끗이 씻어내는 주문이다. 그리고 자신의 참회가 꼭 이뤄지게 해 달라고 비는 주문이 '수리수리 마하 수리 수수리 사바하'이다. 세 치 혀를 잘 간수하면 군자가 되지만, 잘못 놀리면 한순간에 소인으로 추락한다. 모든 화근은 입에서 시작된다. 서양 속담에 '행복은 언제나 감사의 문으로 들어와서 불평의 문으로 나간다'라는 말이 있다. 감사의 말은 희망의 언어다. 감옥이라도 감사하면 수도원이 된다.

대문호 톨스토이는 "말을 해야 할 때 하지 않으면 백 번 중에 한 번 후회하지만, 말을 하지 말아야 할 때 하면 백 번 중에 아흔아홉 번 후회한다"라고 강조했다.

또한 공자는 "더불어 말해야 할 사람에게 말하지 않으면 사람을 잃는다. 더불어 말하지 말아야 할 사람에게 하면 말을 잃는다"고 했다.

영국 작가 조지 오웰은 "생각이 언어를 타락시키지만, 언어도 생각을 타락시킨다"라고 했고, 독일 철학자 마르틴 하이데거는 '언어는 존재의 집'이라고 역설했다.

오늘날 우리에게 언어는 너무 가벼워졌다. 문해력 부족은 물론이고, 줄임말과 신조어를 일종의 유머로 받아들인다. 그림의 경우 서양화는 캔버스에 색을 모두 채우지만, 동양화는 여백을 남긴다. 그 여백 덕분에 사물이 더 뚜렷하게 보인다. 말할 때 침묵의 여백을 비워 놓으면 말에 힘이 더 생긴다. 장자는 '지도지극 혼혼묵묵(至道之極 昏昏黙黙)'이라고 한다.

'진정한 도(道)의 최고의 경지는 깊고 어두운 침묵'이라는 뜻이다. 장자가 말하는 침묵은 여유와 그윽한 침묵을 가리킨다. 말을 무조건 안 하는 침묵이 아니라, 말이 잘 전달되기 위한 침묵을 의미한다. 하고 싶은 말 다 하면 본인은 편하겠지만 주변 사람들은 탈이 난다. 내 말이 상대에게 상처가 되고 그 상처는 부메랑이 된다. 장전된 총을 조심해서 다뤄야 하는 것처럼, 말조심하라. 말이 곧 행동이 되고, 행동은 습관이 되어 인격으로 나타난다.

32

시간을 낭비한 죄

〈빠삐용〉은 탈출이 불가능한 감옥(악마의 섬)에서 나비처럼 자유를 얻고, 삶이 무엇인지 깨닫게 하는 영화다. 가장 인상적인 장면은 빠삐용이 꿈에서 자신을 기소한 검사와 대면하는 장면이다. 억울한 살인 누명을 쓰고 절해고도의 감옥에 갇힌 빠삐용은 독방에 갇혀 죽을 날만 기다릴 때 악몽을 꿨다. 먼 사막의 지평선 나타난 검사에게 빠삐용은 외친다.

"난 사람을 죽이지 않았소!"

"맞소. 당신은 사람을 죽이지 않았지만, 살인보다 더한 죄를 저질렀소."

"그게 뭡니까?"

검사가 단호히 말한다.

"시간을 낭비한 죄요!"

"인간이 저지를 수 있는 가장 최악의 범죄, 인생을 낭비한 죄로 당신을 기소합니다."

이 장면은 별 볼 일 없는 한 개인이 자신을 파괴하려 하는 체제에 대항하고 승리를 거두는 하나의 반전과도 같다. 영화는 꿈을 포기하지 않고 결국 탈출에 성공한 빠삐용(스티브 맥퀸)과 수평선 멀리 자유를 향해 사라지는 그를 보고 있는 드가(더스틴 호프만)의 모습으로 끝이 난다.

인생을 낭비하지 않은 사람이 얼마나 될까? 인간이 저지를 수 있는 최악의 범죄는 인생을 낭비한 죄라는 말이 있다. 왠지 가슴이 뜨끔해진다. 젊음을 낭비했던 후회가 몰려온다. 지금부터라도 정신 바짝 차리고 남은 인생 죄짓지 말아야겠다. 시간을 낭비하지 않겠다고 아무 일도 하지 않는 것은 잘못이다. 인생을 낭비하고 있다는 증거는 과거에 집착하기, 항상 불평하기 그리고 요행을 기다리는 것이다. 눈이 녹기를 기다리는 것보다 눈을 밟고 새로운 길을 만들어야 한다.

스티브 잡스는 "시간은 한정되어 있습니다. 다른 사람의 삶을 사느라 인생을 낭비하지 마세요. 가장 중요한 것은 가슴과 영감을 따르는 용기를 내는 것입니다. 이미 여러분의 가슴과 영감은 여러분이 되고자 하는 바를 알고 있습니다"라고 조언했다. 지식은 지혜를 위해서, 지혜는 미래를 예견하는 데 기여할 수 있어야 한다. 세월이 가면 육신은 늙지만, 마음은 어떻게 쓰느냐에 따라 다르다. 모기 침으로 무쇠 소의 몸을 뚫을 수 없듯이 마음 훈련으로 시간을 소중히 여겨야 한다.

33

내가 가는 길, 나도 모른다

세계적인 베스트셀러 작가이자 연설가인 지그 지글러가 비행기를 타려고 공항으로 가고 있었다. 그런데 교통체증이 너무 심해 도로 한복판에 갇히고 말았다. 그는 비행기 출발 시간이 다가오자 초조해지기 시작했다.

"정말 중요한 강연인데 어쩌지?"

이내 초조함은 공포심으로 변했다. 예상대로 공항에 도착하자 비행기는 이미 이륙한 뒤였다. 지그 지글러는 비행기를 놓치고 나서 분노와 짜증에 사로잡혔다. 그러나 정작 비행기를 놓치고 나니 할 일이 없어졌다.

우두커니 공항 의자에 앉아 있다 보니 분노가 서서히 누그러졌다. 공항 라운지에서 여유롭게 식사를 마친 후 TV를 보는데 갑자기 급보가 올라왔다. 방금 자신이 놓친 비행기가 추락했다는 다급한 소식으로 살아남은 승객은 단 한 명도 없다고 했다. 그는 어안이 벙벙할 뿐이었다. 그는 이렇게 토로했다.

"우리는 끝을 알 수 없습니다. 이 사실을 아는 것만으로도 당신의 삶은 완전히 바뀔 수 있습니다."

현대인은 사고의 감옥에 갇혀 있다. 부의 비교와 경쟁의 내면화로 분노에 노출된 것이다. 분노는 진리의 횃불을 버리고 자기 이익만을 구하는 천박한 존재가 되기 쉽다. 분노는 고뇌를 그리고 갈등을 이끈다. 분노 안에서 자신이 주체적으로 살아갈 수 있다는 생각은 착각이다. 분노로 인하여 자율성을 잃고 오히려 차별받고 억압받기 쉽다. "인간은 태초에 갈등을 안고 태어났다." 독일의 대문호 괴테가 남긴 말이다. 현대사회는 분노와 갈등을 풀어내기보다는 고함과 욕설, 억지 등이 난무하는 현실이다. 자기 힘으로 어쩔 수 없는 일에 대하여 화내지 말자. 분노로 인하여 좋게 다가오는 기회를 놓치지 말자. 분노의 처음은 무지로 출발해서 후회로 끝난다.

34
걷기 예찬

걷기 예찬의 철학자로 니체와 칸트를 꼽는다. 니체는 한평생 질병에 시달렸고, 나약해서 육체의 질병을 치유하고 동시에 사유를 얻기 위해 걷기를 방편으로 삼았다. 그는 태어날 때부터

약골로 평생 건강 문제(이질, 디프테리아, 두통)로 고통 속에 지냈다. 바젤 대학에서 강의할 때는 침대에 누워 지낼 때가 많았다. 결국 니체는 35살에 건강이 나빠져서 강의를 중단하고 스위스 제네바로 휴양을 떠나면서 걷기를 본격화했다. 그는 '살아간다는 것은 떠도는 것'이라며 방랑 생활을 하며 많이 걸었다.

니체는 "걷기를 통해 나오는 생각만이 어떤 가치를 지닌다. 철학은 철학자의 발끝에서 나온다"라고 말했다. 자면서도 꿈을 꾸며 창조적 무의식까지 확장할 수 있었던 것은 걷기 덕분이었다. 그는 《차라투스트라는 이렇게 말했다》에서 "나는 방랑하는 자이자 산에 오르는 자다"라며 방랑 속에서 자신을 알게 되었다고 고백했다. "위대한 모든 생각은 걷기로부터 나온다(All truly great thought are conceived by walking)"고 했을 정도였다. 니체는 걷기 예찬론에서 "걸으면서 구상하는 사람은 얽매인 데가 없어 자유롭다"고 했다. 걷기는 우선 일의 속박에서 벗어나는 자유를 주고 걷다 보면 '안'과 '밖'이 확실하게 구분되지 않고 뒤섞이며 풍경을 천천히 소유하는 것처럼 느껴진다.

칸트는 건강을 유지하기 위해 의무적으로 걸었다. 그는 혼자 산책하며 입을 꼭 다문 채 같은 길을 같은 시간에 걸은 것으로 유명하다. 그의 산책은 건강을 넘어 정신을 즐겁게 하고 사유의 폭, 나아가 영혼에 휴식을 제공한다고 믿었다.

덴마크의 철학자 키르케고르는 이렇게 고백했다. “내가 한 가장 훌륭한 생각은 걸으면서 얻은 것이다.”

오스트리아의 작가 토마스 베른하르트는 소설 《걷기》에서 이렇게 말한다. “우리가 걸을 때 두 다리만 움직이는 게 아니다. 정신도 같이 움직인다. 우리는 다리로 걷고 머리로 생각하지만, 또한 머리로 걷는다고 말할 수도 있다.” 걸음 안에는 해방과 치유의 힘이 있다. 루소는 고백론에서 “나는 걸을 때만 명상에 잠길 수 있다”고 말했다.

배우 겸 영화감독 하정우는 하루 3만 보를 가뿐하게 걷는다. 그는 만약 인생에서 마지막 며칠이 주어진다면, 걷겠다는 독실한 걷기 신자이기도 하다.

무라카미 하루키는 매일 새벽 10km를 달린다고 한다. 그가 뛰는 이유는 체력이 고갈되는 걸 막기 위해서다. 그는 달리기하는 이유로 “나는 머리가 그다지 좋은 인간이 아니다. 살아있는 몸을 통해서만, 그리고 손에 닿는 재료를 통해야만 사물을 명확하게 인식할 수 있는 사람이다”라고 겸손하게 말한다.

티베트어로 인간은 ‘걷는 존재’ 혹은 ‘걸으면서 방황하는 존재'라고 한다.

현존하는 영장류 중 인간처럼 직립보행을 하는 종은 없다. 침팬지, 오랑우탄 등의 유인원은 네 발을 이용하기에 직립보행보다 효율성이 감소하고, 에너지 소모가 증가한다. 인류는 직립보행으로 다른 영장류와의 차별성은 물론 많은 기회와 혜택을 얻었다. 걷기를 통해 감정, 창의력 그리고 사고가 깨어나는 체험으로 인류의 문명을 발전시켰고, 멀리 내다보는 발상과 사고를 가능하게 만들었다.

걷기는 인류의 축복이다. 두 발로 사유하는 철학이자 기도다. 혼자서도 시간에 구애받지 않고 즐길 수 있다. 걷기는 삶을 뒤돌아보게 하고 맑은 영혼을 펴 올리는 동반자다. 최고의 투자이며 나와 성찰을 연결되는 도구이다. 걷기는 우리가 할 수 있는 가장 쉽고 저렴한 운동이다.

35
삶은 인적 네트워크에 따라 달라진다

고대 그리스에서 죄를 지어 교수형에 처한 젊은이가 왕에게 죽기 전 연로하신 부모님께 마지막 인사를 하게 해달라고 간청했다. 고민에 빠진 왕에게 사형수 친구인 다몬이 보증을 서겠다고 나섰다.

"폐하, 제가 그의 귀환을 보증하겠습니다. 만일 친구가 돌아오지 않으면 제가 대신 교수형을 받겠습니다."

왕은 어이없다는 표정으로 말했다.

"죄인이 돌아오면 죽을 텐데 과연 돌아오겠느냐?"

그러자 다몬은 단호히 말한다.

"폐하, 저는 제 친구를 신뢰합니다. 죽음보다 우정은 강합니다."

왕은 외출을 허락했지만, 교수형을 집행하는 날에 죄수는 돌아오지 않았다. 주변 사람들은 바보 같은 다몬의 어리석음을 나무랐고, 우정을 저버린 죄인을 저주했다. 사형 집행 명령을 내릴 때 멀리서 누군가 달려오며 고함쳤다.

"폐하, 제가 돌아오다가 풍랑을 맞아 제시간에 돌아오지 못했습니다. 이제 다몬을 풀어주십시오. 사형수는 접니다."

두 사람은 서로를 끌어안고 작별을 고했다. 이들을 지켜보던 왕이 큰 소리로 외쳤다.

"저 죄인의 죄를 사면하노라. 우정이 삶을 살렸다."

미국 역사상 인간의 삶에 대한 최장기 연구 프로젝트인 '하버드대 성인 발달 연구'의 로버트 월딩어 교수는 말한다.

"행복하고 건강한 노년은 사람들과의 질적인 관계에 달려 있다. 인간관계가 만족하면 신체도 건강하다. 행복을 정하는 요인은 부, 명예, 학벌도 아닌 인간관계다."

이어서 월딩어 교수는 "외로움과 고립은 술과 담배만큼 건강에 해롭다. 원치 않는 고립에 빠진 이들은 중년에 신체 건강이 급격히 나빠지고 뇌 기능도 떨어지는 경향을 보였다"라고 말했다.

니콜라스 크리스타키스 교수의 인적 네트워크가 건강에 미친 연구 결과에 따르면 만약 '우리의 친구'가 비만해질 경우 앞으로 2~4년간 우리의 체중이 늘어날 가능성이 45% 높아진다고 한다. 또한 '우리의 친구의 친구'가 비만해져도 20%가량 체중이 늘어난다. 행복도 전염성이 높다. 행복한 사람에게 연결되어 있을 경우, 참가자 자신이 행복해질 확률은 15%가량 더 높고, 친구의 친구가 행복할 경우도 10% 더 높아진다. 장수하는 사람의 공통점은 친구의 수이다.

그리스 철학자 에피쿠로스는 "한 사람이 평생을 행복하게 살아가는 데 필요한 것 중 가장 위대한 것은 친구다"라고 했으며, 맹자는 "무슨 일이나 성취하고 성공하려면, 하늘의 때나 땅의 이를 얻는 것보다 인화를 얻는 것이 가장 중요하다"라고 우정의 중요성을 말했다.

우정은 성공을 위한 골격이다. 훌륭한 대인 관계 능력 없이는 장기적인 성공을 이룰 수 없다. 행복하고 싶다면 우정의 네트워크를 가져라. 어떤 친구를 선택하느냐에 따라 미래가 결정된다. 멋진 친구를 갖고 싶으면 우선 자신이 그런 사람이 되면 된다. 우정은 거리의 시장에서 살 수 없다. 신뢰를 담은 실천만이 답이다.

참된 친구란?
환경이 좋고, 나쁨을 떠나 늘 함께 있어 주는 친구,
문제가 생겼을 때 함께 고민하고 해결에 앞장서는 친구,
마음이 아프고 괴로울 때 덥석 손잡고 위로해 주는 친구,
내가 실수해도 조금도 언짢은 표정을 짓지 않는 친구,
작은 물건이라도 기꺼이 나누는 넓은 가슴의 소유자다.

36

이론에 그친 헛똑똑이

송나라 재상 마지절(馬知節)은 당나라 때의 유명한 화백 대숭(戴嵩)이 그린 〈투우도(鬪牛圖)〉를 감상하는 것이 큰 즐거움이었다. 보관 상태를 좋게 하기 위해 화창한 날에 밖에 내다 걸었다. 한 농부가 먼발치에서 그 그림을 보고 피식 웃었다.

'글도 모르는 무식한 농부가 그림을 보고 웃다니.'

마지절은 화가 나서 물었다.

"너는 대체 무엇 때문에 웃었느냐?"

농부는 고개를 조아리며 대답했다.

"그림을 보고 웃었습니다."

"이놈아! 이 귀한 그림을 보고 감히 네까짓 게, 그림에 대해서 뭘 안다고."

불같은 화에 농부는 겁에 질려 부들부들 떨면서 다음과 같이 대답했다.

"저 같은 무식한 농부가 어찌 그림에 대해 알겠습니까? 하오나 저는 소를 많이 키웠고, 저희끼리 싸우는 장면도 많이 보았는데, 소는 싸울 때 머리를 맞대고 힘을 뿔에 모으고 서로 공격하지요. 꼬리는 바싹 당겨 두 다리 사이의 사타구니에 집어넣고 싸움이 끝날 때까지 절대로 빼지 않습니다. 그런데 이 그림 속의 소는 꼬리를 하늘로 치켜들고 싸우고 있지 않습니까? 그러니 절로 웃음이 났습니다."

농부의 말에 놀란 마지절은 얼굴을 붉히면서 탄식했다.

"대숭은 이름난 화가지만 소에 대해서는 너보다 더 무식했구나. 이런 엉터리 그림에 속아 평생 씻지 못할 부끄러운 헛일을 하고 말았도다."

이 이야기는 중국 송나라 학자 증민행(曾敏行)이 지은《독성잡지(獨醒雜誌)》에 나온 내용이다.

찰스 R. 슈와브는 카네기 철강회사 일반 직원으로 입사하여 38세의 나이에 유에스 스틸 컴퍼니의 초대 사장 자리에 오른 입지적 인물이다. 그는 자신의 성공비결을 다음과 같이 말한다.

"나의 가장 큰 자산은 부하 직원들의 열정을 일깨우는 능력이다. 그들 내면에 존재하는 열정과 최고의 모습을 개발하는 좋은 방법은 격려와 칭찬이다. 여기서 말하는 칭찬은 상대를 굴복시키는 수직관계가 아닌 동등한 수평관계다. 바로 '잘할 수 있어'라고 상대방을 믿는다. 누구도 결점을 들춰내는 것을 싫어한다. 아무리 지위가 높은 사람일지라도 비판의 소리를 들으면 일의 효과가 떨어지지만, 칭찬을 들으면 훨씬 더 일을 잘하고 노력을 기울인다."

그렇다. 칭찬은 인간관계 개선을 위한 가장 값싸고 효과적인 선물이다.

책상에서 배운 지식은 칭찬과 실천적 경험이 겸비되지 않으면 실수를 범하기 쉽다.

우리가 아는 지식은 한정되지만 사람들은 다 아는 것처럼 착각한다. 심지어는 배움이 부족한 사람을 무시하기도 한다. 과연 내가 아는 것이 정말로 아는 것인가?

37
그릿 열풍

성공하려면 꼭 뛰어난 재능이 필요한가? 미국 심리학자 앤젤라 더크워스 박사는 10년간에 걸친 사례와 실험을 통해 성공에 결정적인 역할을 미치는 것은 재능이 아니라 '그릿(GRIT)'이라고 제시했다. 그릿은 성장(Growth), 회복력(Resilience), 내재적 동기(Intrinsic Motivation), 끈기(Tenacity)의 줄임말이다. 성공을 이

끄는 요인은 야망을 품고, 자신의 능력과 한계를 아는 자기 객관화 능력, 좌절하지 않는 회복력과 불굴의 투지라는 것이다.

미국 고등학교 상위 1% 엘리트에게만 입학을 허가하는 웨스트포인트는 공부만 잘한다고 입학할 수 없다. 육군사관학교 졸업은 인생 성공을 의미하기에 많은 고등학생이 입학하기 위해 2년 동안 준비한다. 입학해도 거쳐야 하는 과정이 있다. 일명 '야수의 막사(Beast Barracks)'로 불리는 미국 육사(웨스트포인트)의 신입생 프로그램이다. 이 프로그램은 매년 입학생들을 상대로 1학년 과정을 시작하기 전 6주간에 걸쳐 기초 군사 훈련을 실시한다. 특이한 것은 전국 각지에서 어마어마한 경쟁의 관문을 뚫고 들어온 이 우수한 인재들의 5%가량이 매년 스스로 중도 하차한다.

2004년의 경우 1,218명 가운데 71명이 4년 전액 장학금을 받고 육사를 다닐 기회를 스스로 포기했다. 이들은 입학 후 첫 여름 '비스트 배럭스'라는 지옥 훈련을 받던 도중 퇴학했다. 익숙지 않은 단체 생활은 기본이고 7주 훈련 동안 새벽 5:00 기상, 저녁 21:00 취침까지 하루 16시간 동안 쉴 틈 없이 테스트 받는다. 그렇다면 어떤 생도가 '비스트'를 통과할까? 능력이 부족해서 퇴학당하는 경우는 드물다. 정말 중요한 것은 '절대 포기하지 않는' 태도이다. '그릿'이 있는 학생은 어떠한 어려움과 역경에 처하더라도 자신이 성취하고자 하는 목표를 위해 끝까지 해낸다.

더크워스 교수는 그릿을 얻기 위한 4가지 방안을 제시한다.

첫째는 자신이 하는 일을 진정으로 즐긴다. 둘째는 약점을 극복하는 연습으로 어제보다 잘하려고 매일 집중적으로 반복하여 연습하는 끈기이다. 셋째는 제시한 목적의 수행으로 자신이 아닌 누군가를 이롭게 하려는 마음이다. 마지막은 희망이다. 실패는 자신의 성장을 위한 경험이라고 생각하면서 역경을 이겨내는 마음가짐이다. 더크워스 교수도 '그릿'을 만병통치약이라고 주장하지는 않는다.

또 다른 인간이 가진 끈기의 힘을 과학적으로 제시한 사례가 있다. 1940년 미국 하버드대 학생을 대상으로 일종의 체력 검증을 했다. 인간의 한계를 벗어난 최고 속도의 러닝머신에서 5분간 뛰도록 하는 실험이었다. 학생들의 열정·끈기·집념 등을 측정하기 위한 높은 강도의 뜀박질 탓에 5분을 버틴 학생은 그리 많지 않았다. 그런데 40년이 지난 뒤 놀라운 사실이 발견됐다. 실험에 참여한 학생들의 직업, 연봉, 삶의 만족도를 기준으로 성공한 사람들을 추적한 결과, 대부분은 5분 이상 뛴 학생들이었다. 인간의 한계라고 느낀 순간까지 한 걸음이라도 더 뛰려고 노력했던 학생들이 성공한다는 사실을 알려준 실험이었다. 성공한 사람들의 가장 큰 공통점은 끈기와 열정, 꾸준함이라는 것을 곱씹어 볼 필요가 있다. 절대 포기하지 않은 열정적 끈기의 힘(GRIT)을 믿어보자. 천재 숭배, 학벌 신화를 극복하자.

38

도전과 응전

아널드 J. 토인비는 저서 《역사의 연구》에서 인류의 역사를 도전과 응전의 과정으로 보았다. 도전에 효과적으로 응전했던 민족은 살아남았지만, 그렇지 못한 문명은 소멸한다. 가혹한 환경이 인류를 발전시키는 원동력이다.

그는 강연에서 청어 이야기를 인용했다. 먼바다 북해에서 잡히는 청어가 런던에 도착할 때는 대부분 죽는다. 언제부터인지 살아있는 청어가 수산물 시장에 공급되기 시작했다. 그 비결은 수조에 청어의 천적인 물메기를 함께 넣는 것이다. 그러면 청어들은 물메기에게 잡혀 먹히지 않으려고 필사적으로 도망 다닌다. 물메기의 공격으로 몇 마리 청어는 죽겠지만 대부분 청어는 살아서, 냉동 청어에 비해 2배 정도 비싼 값에 팔렸다.

캐나다 북부 초원 지역에 사슴과 이리가 함께 살고 있었다. 이리가 사슴을 잡아먹어 개체 수가 빠르게 줄어들자 정부는 이리 박멸 작전을 펼쳤다. 사슴의 개체 수가 급격히 늘었지만 그것도 잠시, 사슴들의 번식력이 크게 떨어지고 병약해지면서 집단으로 병들어 죽어 갔다. 그 원인은 천적 이리가 사라졌기 때문이다.

도도새(멍청이)는 인도양의 작은 섬 모리셔스에서 서식하는 새였다. 모리셔스는 자연환경이 뛰어나고 먹이가 사방에 널려 있는 데다 천적마저 없었다. 그러니 애써 날아오를 필요가 없었다. 그러다가 사람들의 발걸음이 늘어나고 다른 동물들이 유입되면서 멸종되어 버렸다.

이집트 문명을 일으킨 민족은 아프리카 북쪽에서 수렵 생활을 하던 부족들이었다. 강우 전선이 북쪽으로 이동하자 살던 곳이 사막지대로 변하기 시작했다. 이때 부족은 세 부류로 나뉜다. 그 자리에 남아서 그냥 그대로 살아간 부족은 소멸되었다. 강우 전선을 따라 북쪽으로 간 부족도 그곳에서 사라져버렸다.

그러나 맹수와 독사들이 우글거리는 나일강 지역으로 이주하여 농경과 목축, 어업으로 생활 방식을 바꾼 부족들은 찬란한 이집트 문명을 만들어 냈다. 나일강 범람을 막기 위해 천문학, 기하학, 제방술도 발전시켰고, 그 결과 불가사의한 피라미드를 만들어 낸 찬란한 문화를 창조한 것이다.

세계 인구의 0.3%에 불과한 유대인은 노벨상 수상자의 30%를 배출했으며 세계적인 부자의 절반 정도를 차지한다고 한다. 이들은 받아 주는 나라가 없어 2천 년 동안 떠돌이 생활을 했다. 유대인들은 제1, 2차 세계대전을 치른 후 미국으로 몰려와서 척박했던 허드슨강을 일구고 개간에 성공해서 지금의 월가를 구축했다. 시련을 응전의 기회로 삼고 도전의 씨앗을 뿌린 것이다.

미국 직장인 70% 이상은 월급 받는 만큼 일을 해야 한다는 마인드를 갖고 있다. '조용한 사직'은 과하게 여가를 즐기고 무책임하다는 의견도 있지만, 성과에 따른 인센티브가 없을 경우, 무조건 직원들의 희생을 강요할 수 없다. 즐겁게 할 수 있는 일, 여가와 일을 통합하는 워라벨, MZ세대의 직업관을 나쁘다고만 할 수 없다. 한국직업연구원이 조사한 전체 삶의 영역 중요도에서 1위는 가족생활, 2위는 일, 3위는 여가생활이었으나 20대의 조사 결과에서는 여가생활을 1위로 가장 중요하게 꼽았다.

구글의 좌우명은 '즐거워야 창의성이 나온다'이다. 구글 사무실 안에는 네온사인과 로봇 장난감이 있다. 구글은 설립 후 사무공간에 대해 혁신과 특별한 노력을 기울였다. 특급 호텔 요리사를 고용해서 임직원들에게 음식을 무료로 제공하고, 24시간 연구에만 몰입할 수 있도록 공간과 생활 편의시설을 제공한 것이다.

구글이 사무공간 디자인에 특별한 관심을 쏟는 데는 자유분방한 기업문화(freewheeling corporate culture)와 유연성과 자율성을 중시하기 때문이다. 구글이 주목한 사무공간은 직원은 어느 공간에서든 일하고, 근로자가 필요로 하는 어떤 것도 제공한다는 것이다.

스탠퍼드 대학교 연구팀 조사에 의하면 걸을 때가 앉아 있을 때보다 창의력이 높아진다. 정보 기반 사회에서 중시되는 창의성은 잘 노는 것이다. 열심히 일하는 것만으로는 성공하기 어렵다. 참고 인내하기보다는 사는 게 재미있고 행복한 사람만이 성공한다. 성공해서 행복해지는 것이 아니라 행복해야 성공한다는 역설적인 주장도 신선하다.

39

파놉티콘

영국 공리주의 철학자 제러미 벤담은 파놉티콘(panopticon)이라는 이름의 원통 모양 교도소를 만들자고 제안했다. 그리스어 '모두(pan)'와 '보다(opticon)'를 합친 단어다. 공황의 관제탑처럼 교도관이 자리하는 중심부에서는 죄수의 방을 볼 수 있지만, 감방 안에서는 교도관들이 무엇을 하는지 확인할 수 없는 시선의 비대칭성이다.

프랑스의 철학자 미셸 푸코는 《감시와 처벌》에서 파놉티콘의 개념을 사회 전체로 확장했다. 권력이 다수를 감시하는 사회에서 개개인은 언제 감시받고 있는지 알 수 없기 때문에 주변 사람들이 감시자가 되는 자발적 감시사회가 된다. 이 파놉티콘을 통해 피지배 계급이 지배 계급의 규율을 내면화하게 됐다고 말한다. 코로나19가 극성을 부릴 때 마스크 쓰지 않은 사람은 범죄자로 취급 받았다.

선한 공공의 이익에 거스르는 정책에 반대하기는 어렵지만, 자유를 위태롭게 해서는 안 된다. 벤저민 프랭클린은 "안전을 사기 위해 자유를 포기하는 사람은 둘 다 가질 자격이 없다"고 말했다. 아무리 건강을, 안보를, 공익을 위해 추진하는 사안이라 해도 시민의 자유를 위태롭게 해서는 안 된다.

새로 분양받은 아파트에 살았던 이야기다. 새집과 조경도 마음에 들었지만 딱 한 가지 고민은 누군가 엘리베이터에 야간 방뇨를 해서 고약한 냄새가 난다는 것이었다. '소변 금지'라는 팻말도 붙이고 '경찰 고발'이라는 감성팔이와 나중에는 엘리베이터 벽에 '가위' 그림까지 그려봤지만 소용없었다. 혹시나 하고 'CCTV 촬영 중'이라고 써 붙였더니 고약한 냄새가 사라졌다. 실제로 CCTV를 설치하지 않았음에도 말이다.

오늘날의 마케팅은 니즈에서 원츠로 바뀌었다. 니즈는 부족이나 결핍의 충족으로, 제품만 만들면 판매에는 지장이 없다. 원츠는 일종의 욕구로, 없어도 살아가는 데 지장이 없다. 아이러니하게도 없어도 되는 것을 파는 감성을 자극해야 한다.

책을 파는 게 아니라 즐겁고 유익한 시간을 판다. 보험상품을 파는 게 아니라 마음의 평화와 가족의 미래를 판다. 항공권을 파는 게 아니라 제시간에 도착하는 약속을 파는 것이다. 물건을 팔지 말고 꿈과 자부심을 팔아 주길…. 맥도날드의 콘셉트는 "잊지 마세요. 우리는 햄버거 비즈니스를 하는 게 아닙니다"이다.

40

정의란 무엇인가?

우리 사회는 정의(正義)에 목말라 있다. 정의를 앞세워 자신만 옳다고 믿고 시기하고 공격하는 정의감 중독 사회이다. 정의란 '진리에 맞는 올바른 도리'로 누구나 차별 없이 평등하고 동등하게 대우받아야 한다. 그러나 정의의 질적 수준이 다양하고 이상적인 정의를 가로막는 장애물이 많아 타협점에 이르기가 어렵다. 결국, 우리는 선택의 갈림길에 설 수밖에 없다.

마이클 샌델의 저서 《정의란 무엇인가》에 제시한 '철로를 이탈한 전차'는 대표적인 정의 딜레마이다. 이 사례는 도덕적 딜레마를 해결하는 정치철학의 필요성과 주장일 뿐, 정의의 정당성에 풀어줄지는 미지수다.

"당신은 시속 100km로 달리는 전차의 기관사이다. 그런데 갑자기 전차의 브레이크가 고장 났다. 이대로는 철로 위에서 일하고 있는 인부 다섯 명을 덮친다."

절체절명의 순간에 당신의 선택은 무엇인가?

첫 번째 상황, 전차의 경로를 비상 철로로 바꾸면 철로 위에 있는 행인 한 명만 죽는다. 선로를 변경할 것인가? 두 번째 상황, 당신은 다리 위에서 전차가 달려오는 모습을 보고 있다. 마침 당신 옆에는 덩치 큰 행인이 서 있었다. 행인을 밀어서 기차에 부딪히게 만들면 인부 다섯 명을 구할 수 있는 상황이다. 행인을 밀어 인부 다섯 명을 구해야 하는가?

사람들에게 두 가지 상황에 대해 질문을 던졌을 때, 대부분 첫 번째 상황에서는 선로를 변경하겠다고 답했다. 하지만 두 번째 상황에서 행인을 밀어 넘어뜨리지 않겠다고 답했다.

샌델은 여기서 그 이유에 대한 질문을 던진다. 추론해보면 두 번째 상황에서 행인을 밀지 못하는 이유는 인간 자체가 고귀한 목적이고, 다른 사람의 운명을 바꿀 수 있는 권리가 없기 때문이다. 우리는 모두 각자의 주인으로 다른 사람을 위한 수단으로 사용될 수 없다는 것을 웅변해 준다. 첫 번째 상황에서는 선로를 바꿔 한 명은 비록 억울하게 죽지만 그 대신 5명을 살린다는 대의명분에 수긍하는 경향이 농후하다. '최대 다수의 최대 행복'이라는 공리주의적 가치가 합리적이라 생각되었기 때문이다. 이것 역시 잘못된 생각이다.

성경에는 인간 한 사람이 천하보다 귀하다고 했다. 생명을 단순히 숫자의 많고 적음으로 판단할 수 없다. 정의도 이론, 진리라고 보기보다는 대다수 사람들의 이성적 선택에 달려 있다. 내용 없는 사고는 공허하며, 진리 없는 직관은 맹목적일 가능성이 높다.

41

고독

고독(solitude)과 외로움(loneliness)은 비슷해 보이지만 다른 말이다. 고독은 다른 사람 혹은 사회와 접촉이 없이 혼자 있는 상태이고, 외로움은 홀로 되어 쓸쓸한 느낌이다. 고독이 스스로 무엇인가를 얻기 위한 자의적인 노력이며 즐거운 사색이라면 외로움은 군중 속에서 홀로 떨어져서 상처받는 고통이다. 따라서 고독한 자가 세상에서 가장 강한 자라면 외로운 자는 혼자되는 공허감으로 움츠린 나약한 존재다. 미국의 신학자 폴 틸리히는 '혼자 있는 고통은 외로움이고, 혼자 있는 즐거움은 고독'이라고 했다.

타인의 시선에서 벗어나 자신을 뒤돌아보고 진정한 자아와 용기를 갖게 하는 고독을 즐기는 법을 제시한다.

첫째, 타인의 삶과 자신의 삶을 비교하지 말고 자신에 대한 믿음을 내려놓지 않는다.

둘째, 스스로 고독의 시간을 즐긴다. 빌 게이츠는 1년에 2번씩 작은 별장에서 일주일간 칩거하며 생각 주간(Think Week)을 가진다. 그 기간 동안 새로운 아이디어와 전략 구상에 몰입한다.

셋째, 인간은 처음부터 혼자이다. 삶의 가장 중요한 순간에 인간은 예외 없이 혼자다. 시인 릴케는 "가장 중요하고 가장 진지한 일에 있어서 인간은 이름 없이 혼자다"라고 말한다.

넷째, 혼자만의 고독한 시간에서 영감과 창의력 계발을 할 수 있다. 시끄럽고 탐욕과 분쟁의 세상 속에서는 성찰을 찾아볼 수 없다.

다섯째, 고독은 자신과의 해우다.

쇼펜하우어는 《소품과 부록》에서 "혼자일 때 비로소 있는 그대로의 자신을 느낄 수 있다. 초라한 자는 자신의 초라함을, 위대한 정신은 자신의 위대함을 온전히 느낀다"라고 했다. 고독을 견디지 못하면 자기 자신을 볼 수 없다.

위대한 인물들은 혼자만의 고독한 시간을 통해서 기발한 영감을 얻었다. 고독을 활용하면 놀랄만한 힘의 원천이 된다. 헨리 데이비드 소로는 "사고(思考)하고 혹은 일하는 사람은 늘 혼자이지만 그대로 내버려두라"고 했다. 과학자 뉴턴은 사람들에게 알려지는 것을 싫어해서 나서길 꺼렸다. 명성은 그에게 고독할 시간을 빼앗아 가기 때문이었다. 노르웨이 철학자 비트겐슈타인은 자신의 오두막에서 한 달에 한 번 혼자서 고독을 즐겼다. 그리고 파스칼은 '인간은 혼자서 죽어야 하는 존재'라고 했다. 톨스토이는 “인생에서의 중요한 순간은 항상 홀로 있을 때이다. 즉 사람들과 함께 있을 때가 아니라 신과 더불어 있을 때이다”라고 말했다.

삶은 선택의 연속이다. 스스로 고독하고 성찰한 선택이야말로 후회 없는 인생사가 된다. 인생의 선택은 다른 사람이 아닌 고독 속에서 핀 꽃이다.

42

사랑 이야기

뉴저지의 한 소방관은 새벽 6시쯤 피곤함에 절은 채 한 레스토랑에 들어갔다. 커피를 주문하곤 밤새도록 진압한 화재 얘기를 나누었다. 그날 식당에서 서빙하고 있던 리즈 우드워드는 우연히 두 소방관이 이야기를 듣고 소방관이 식사비를 낼 때 영수증 대신 이런 쪽지를 줬다. “두 분 아침 식사는 제가 대접할게요. 두 분의 일에 감사드려요. 매일 우리를 위해 애써줘서 고마워요! 오늘은 푹 쉬세요! - 리즈.”

이 쪽지를 받고 크게 감동한 그들은 친절한 알바생의 따뜻한 호의를 자신의 페이스북에 올렸다.

“이렇게 사려 깊고 친절한 행동입니다. 페친 여러분, 이 식당에 많이 가서 많이 먹어주고, 만약 리즈가 그날의 서버라면, 팁도 많이 주면 좋겠군요.”

이 이야기는 여기서 끝나지 않았다. 소방관은 리즈의 아버지 스티브가 지난 5년간 사지마비 증세로 고생하고 있으면서 휠체어가 필요하다는 것을 알게 되었다. 소방관은 페이스북을 통해 사람들에게 리즈의 페이지에 기부해달라고 요청했다. 그리고 믿을 수 없는 일이 일어났다. 그녀는 휠체어 자동차보다 더 많은 7만 달러를 기부받았다. 리즈와 가족들은 두 소방관에게 진심으로 고마워했다. “저는 단지 아침을 사드렸을 뿐이에요.” 사소한 호의가 인생 전체를 바꿀 수도 있다는 것을 보여준다.

사회복지와 관련된 영화 가운데 순수한 사랑의 감동을 담은 영화 〈아이 엠 샘〉 이야기다. 지적 장애로 7살의 지능을 가진 주인공 샘, 어느 날 부인은 딸과 남편 샘을 버리고 사라진다. 샘은 혼자서 딸을 키웠다. 딸 루시도 샘과 같이 장애를 갖고 있지만, 주변 사람들의 도움으로 건강하게 자란다. 그런데 딸 루시는 7살이 되면서 아빠가 슬퍼할까 봐, 지능을 일부러 멈추려고 한다. 샘의 지능을 추월해버리는 게 두려워 성장을 멈춘다. 이로 인해 사회복지기관에서 샘이 아빠로서 양육 능력이 없다고 판단하여, 루시를 시설로 옮긴다. 샘은 세상에서 가장 사랑하는 딸과의 행복한 날들을 빼앗길 수 없었다. 그는 자신이 훌륭한 아빠라는 것을 증명하면서 법정 싸움에서 이겨 루시를 되찾아 온다. 그리고 "지능은 사랑하는 능력과 관련이 없어요"라는 명대사를 남겼다.

사랑은 상대방에게 귀 기울이는 것이다. 사랑은 나눌수록 커진다. 사랑은 자신을 위한 선물이다. 사랑은 천부적인 권리인 동시에 용기 있는 자의 특권이다. 우리는 사랑함으로써 사랑을 배운다. 사랑하는 것 외에 다른 사랑의 치료 약은 없다. 사랑할 때 천국을 살짝 엿볼 수 있지 않을까?

43

배려의 시작

한 철학자가 '삶이란 무엇인가?'에 대해 골똘히 생각하면서 우연히 창가를 내다보았다. 한 사람의 옷 앞면에 물건 포장하는 천으로 만든 'Breakable(잘 깨짐)'이라는 글자가 쓰여 있었다. 철학자는 무릎을 쳤다.

"아하! 사람은 깨지기 쉬운 존재로구나!"

그리고 그의 등에는 'Be Careful(취급 주의)'이라는 글자가 새겨져 있었다. 철학자는 생각했다.

"맞아, 사람은 조심스럽게 다뤄야 하는 거야!"

이혼 법정에서 나오는 침울한 부부가 있었다. 남편이 마지막 식사로 치킨을 먹자고 해서 식당에 들어갔다. 남편은 자기가 좋아하는 닭 다리를 먼저 챙겨주었다. 하지만 부인은 화를 냈다.

"끝까지 당신 마음대로 하는군요."

부인이 가슴살만 먹는다는 것을 배려하지 못한 것이다. 내 입맛에 익숙한 것이라고 해서 남들 입맛에도 익숙하리라는 보장은 없다. 배려란 받기 전에 주는 것이며 상대방에게 선택권을 먼저 주는 것이다. 아름다운 관계는 배려로 만들어지고, 깨지기 쉬운 관계는 관심으로 회복되며, 좋은 관계는 절망적인 상황에서 판가름 된다. 배려는 푼돈을 투자해 목돈으로 돌려받는 남는 장사다. 오스카 와일드는 "이기주의란 내가 원하는 대로 사는 것이 아니라 상대에게 내가 원하는 방식으로 살라고 요구하는 것이다"라고 했다.

진정한 배려는 다음과 같다.

① 내가 해주고 싶은 방식이 아닌 상대가 원하는 방식으로 한다.

② 다른 사람의 신념이나 가치관을 존중하고 간섭하지 않는다.

③ 배려와 봉사의 씨앗을 뿌릴 때 감사의 기억들이 이 씨앗을 자라게 한다.

④ 내가 원하지 않는 바를 남에게 행하지 않는다.

⑤ 결과를 통제하려 하기보다는 진심의 의도에 집중한다.

배려는 마음보다 행동으로 옮겨야 한다. 칭찬받기 위해 남을 도왔다면 그건 배려가 아니다. 남을 위해 기도하고 관심을 보여주는 것이 진정한 배려다. 모든 배려는 먼저 나에 대한 배려에서 시작한다.

44

포기하지 마라!

영국의 위대한 정치가인 윈스턴 처칠이 한 대학의 졸업 연설을 부탁받아 강단에 올랐다. 그는 아무 말도 없이 한참을 바라보고 있다가, 작은 목소리로 "You, Never give up!(절대 포기 말아요)"이라고 말했다. 그리고 잠시 '뜸'을 들인 후에 좀 더 큰 목소리로 "You, Never give up!" 그리고 이번에는 아주 큰 목소리로 "you! Never give up!"이라고 외치곤 강단에서 내려왔다. 청중들은 우레와 같은 박수를 보냈고, 모두 일어섰다. 심지어 어떤 학생들은 울기도 하였다.

무모함의 대명사로 불리는 제임스 다이슨 창업주는 30대 초반에 먼지를 제대로 빨아들이지 못하는 진공청소기에 답답함을 느껴, 1979년부터 5년간 5,126번의 실패 끝에 먼지 봉투 없는 청소기를 만들었다. 그가 평소 직원들에게 가장 많이 하는 말은 '실패를 두려워하지 말자'였다.

프랑스 국적의 레알 마드리드 CF 소속 축구선수 카림 벤제마가 2022 발롱도르 시상식에서 영예의 주인공이 됐다. 만 34세의 나이로 66년 만에 최고령 수상자라는 역사를 썼다. 벤제마는 수상 소감으로 "나이는 숫자에 불과하다"라는 말을 하면서, 포기하지 않았던 자신에게 칭찬을 아끼지 않았다.

보스턴 마라톤 결승선 근처에서 가족을 기다리던 모녀는 굉음과 함께 아스팔트 위로 쓰러졌다. 두 다리를 잃은 미국의 설레스트 코코런은 그냥 차라리 죽여 달라고 기도할 정도로 고통스럽고 무서웠다. 희망을 잃은 채 지내던 어느 날, 한 20대 청년이 찾아왔다. 아프가니스탄전 참전으로 두 다리를 잃은 미 해병대 출신의 청년은 모녀에게 "우리는 고통 받는 게 아니라 성장하고 있는 중입니다. 저 역시 이전보다 더 강해졌습니다. 두 분 역시 더 강해지실 겁니다"라고 위로했다. 1년 이후 모녀는 더는 주저앉지 않고 의지로 절망을 이겨냈다. 남은 다리에 '여전히 서 있다'라는 글을 적어 의지를 드러냈다.

"테러범들이 내 두 다리를 앗아갔지만 나는 여전히 서 있다고 말하고 싶었어요."

그녀의 딸인 시드니 역시 배 위에 '당신들이 나에게 흉터를 낼 수는 있지만 나를 멈추게 할 수 없다'라는 내용의 글을 적었다.

'산에 오르지 않으면 들판을 볼 수 없다'라는 말이 있다. 고통 없이 얻을 수 있는 것은 없고, 노력 없이 이룰 수 있는 것은 없다. 발명왕 에디슨은 전구를 발명하기까지 무려 7,000번의 실패를 성공으로 바꾼 실험을 했다.

말콤 글래드웰은 '1만 시간의 법칙'에서 "역사에 발자취를 남긴 사람들은 대개 자기 분야에서 최소한 10년 이상의 세월을 보낸 사람들"이라고 했다. 일만 시간의 법칙은 하루 세 시간 10년간, 즉 1만 시간을 노력하면 누구나 전문가가 될 수 있다는 법칙이다.

비틀즈도 무명 시절, 클럽에서 8시간 이상씩 연주했다. 모차르트 역시 완전 초기의 작품에서는 천재성을 보이지 않았지만, 대략 1만 시간의 노력 끝에 가장 위대한 음악가 중 하나로 인정받는다.

인생을 살다 보면 힘들어서 포기하고 싶을 때가 있다. 퇴직, 사업 실패, 신용불량자, 고치기 힘든 병에 걸리는 등 사건 사고가 비일비재하다. 그럼에도 성실함을 바탕으로 강한 의지와 포기하지 않는 노력이 필요하다. 인내하고, 최선을 다하면 위대한 결과를 만든다. 성공하지 못하는 게 실패가 아니다. 가장 큰 실패는 도전하지 않는 것이다.

3장

돈 공부

대학 졸업장은 한 인간이 완성품이라는 증명이 아니라, 인생의 준비가 되었다는 표시일 뿐이다. 공부는 학창 시절 때만 하는 게 아닌 평생학습이다. 공부하는 데 중요한 건 끈기와 집중이다. 특히 포기하지 말고 목표를 향해 계속 밀고 나가는 인내심이다. 훌륭한 인물 뒤에는 공부의 즐거움이 개입하기 나름이다.

학교에서 배운 지식으로 한평생 써먹겠다는 것은 땅을 보면서 무지개를 찾겠다는 착각과 같다. 불가능은 노력하지 않는 사람의 변명이다. 오늘 걷지 않으면 내일 뛰어야 한다. 가난하게 태어난 것은 당신의 실수가 아니다. 그러나 죽을 때 가난하게 죽는 것은 공부하지 않은 당신의 실수다. 돈으로부터 자유로워지기 위해서는 필요한 만큼 돈을 벌거나 돈이 없어도 행복할 수 있다는 철학으로 무장하는 것이다. 오늘 행복하지 못한 사람은 다가올 내일에도 행복할 수 없다.

45

삶의 지혜

저명한 요가 지도자인 라마크리슈나가 갠지스강의 강둑에 앉아 있었다. 어떤 사람이 그를 찾아와 의기양양하게 말했다.

"라마크리슈나여, 당신은 물 위를 걸을 수 있나요? 나는 할 수 있습니다."

라마크리슈나가 물었다.

"물 위를 걷게 되기까지 얼마나 많은 시간이 걸렸는가?"

"히말라야에서 18년간 수련했지요. 요가 자세로 단식하며 이루어 낸 힘든 고행이었습니다. 수도 없이 포기하고 싶었지만 이렇게 견뎌내었기에 결국 물 위를 걸을 수 있게 되었습니다.

당신은 물 위를 걸을 수 없죠?”

라마크리슈나가 말했다.

“난 그렇게 어리석지 않다네. 강 저쪽으로 건너가고 싶으면 뱃사공에게 동전 두 닢만 주면 충분하지. 자네의 18년 수련은 동전 두 닢의 가치에 불과하다네.”

오쇼 라즈니쉬의 문답집에 나오는 에피소드로 사업성이나 경제성이 없음에도 발명가들의 고집과 과제에 매달려 돈과 젊음을 낭비하는 것을 경계하는 내용이다.

서점에는 성공에 관련한 책이 차고 넘친다. 책을 보고 따라 한다고 모두가 성공하는 건 아니다. 왜 그럴까? 기초가 튼튼하지 않기 때문이다. 성공에 이르는 길은 우선 목표를 설정하고, 자신만의 방법으로 목표가 달성될 때까지 그냥 해 내면 된다. 성공은 특별한 노하우가 아닌 자신의 일을 진정으로 사랑할 때 성공에 이른다. 사상누각으로는 성공에 이르지 못한다.

삶에서 중요한 것은 당신의 사회적 지위가 아니라 모든 계층의 사람들과 더불어 살아가느냐이다. 당신이 무엇을 가졌는가가 아니라 남에게 무엇을 베푸느냐는 것이다. 얼마나 많은 친구를 가졌는가가 아니라 얼마나 많은 사람이 당신을 친구로 생각하느냐다. 얼마나 많은 일을 했느냐가 아니라 얼마나 행복한 시간을 가졌는지가 중요하다. 당신이 좋은 동네에 사느냐가 아니라 당신이 이웃 사람들을 어떻게 대하느냐는 것이다.

스콧 니어링은 "삶에서 정말 중요한 것은 당신이 가진 소유물이 아니라 당신 자신이 누구인가다. 우리가 가지고 있는 것이 아니라, 그것으로 우리가 어떤 일을 하느냐가 인생의 진정한 가치를 결정짓는 것이다"라고 말했다.

46
위대한 상인의 비밀

성공학의 대표 주자 오그 만디노의 대표작 《위대한 상인의 비밀》은 부와 성공, 그리고 인생에 관한 위대한 지혜를 남긴 베스트셀러다.

하피드는 부유한 상인인 파트로스 밑에서 낙타를 치던 가난한 소년으로 부유해지는 방법을 주인에게 물었다. 주인은 하피드의 열심과 열정을 인정하고 붉은 옷 하나를 건네며, 그 옷을 은화 1데나리온에 팔고 돌아오면 부자가 되는 비법을 알려주겠다고 했다. 자신만만하던 하피드는 나흘이 지나도 옷을 팔지 못해 낙담하였다. 하루는 아기를 품에 안고 추위에 떠는 여자를 발견하였다. 긍휼한 마음에 자신이 팔아야 할 붉은 옷을 아기에게 주었다. 그는 옷을 파는 것에 실패했다고 생각하며 주인에게 사실을 알렸다. 평소 자비심이 많았던 주인은 하피드에게 금화 약간과 열 개의 두루마리를 물려주었다.

두루마리에는 최고의 상인이 되는 비결이 적혀 있었다.

부자가 되는 비법은 첫 번째, 오늘부터 나는 새로운 삶을 시작한다. 실패의 피멍과 굴욕의 상처를 버리고 오늘부터 좋은 습관을 만들고 그 습관의 노예가 된다.

두 번째, 나는 사랑이 충만한 마음으로 이날을 맞이하리라. 사랑이야말로 모든 성공 뒤에 은밀히 감춰진 위대한 힘이다.

세 번째, 나는 성공할 때까지 집요하게 밀고 나가리라. 나는 노력하고, 또 노력하리라.

네 번째, 나는 자연의 가장 위대한 기적이다. 나는 특별한 존재이기에 자연의 가장 위대한 기적이다.

다섯 번째, 나는 오늘이 마지막 날인 것처럼 살아가리라. 나의 마지막 날은 최고의 날이어야만 한다. 만약 오늘이 마지막 날이 아니라면, 나는 무릎을 꿇고 감사하리라.

여섯 번째, 이제 나는 내 감정의 지배자가 되리라. 나는 나의 운명을 지배할 수 있으며, 나의 운명은 세상에서 가장 위대한 상인이 되는 것이다.

일곱 번째, 나는 웃으면서 세상을 살리라. 이 또한 다 지나가리라. 잔뜩 화가 날 때조차 이 말이 즉시 나올 수 있도록 훈련해 또 훈련을 더하리라. 나는 웃음으로 오늘을 채색하리라.

여덟 번째, 오늘 나는 나의 가치를 수백 배 더 키우리라. 목표에 도달하기 전에 거듭 넘어진다 해도 그 높이에 기죽지 않으리라. 나는 항상 내 손이 닿는 곳보다 높은 곳에 목표를 둔다.

아홉 번째, 실천만이 나의 가치를 결정한다. 성공은 절대 기다려주지 않는다. 지금이 바로 그때이고 여기가 바로 그 자리이다. 그리고 내가 바로 그 사람이다.

열 번째, 이제부터 나는 기도하리라. '오늘은 내가 발가벗고 홀로 세상에 나아가는 날입니다. 내게 온 기회에 합당한 능력을 갖출 수 있게 인도해 주옵소서.'

부자가 하피드에게 말했다. "부를 좇지 말고 부자가 될 목적으로 일하지 말게. 그 대신 행복을 위해 힘쓰고 사랑받기 위해, 사랑하기 위해 노력하게. 그리고 무엇보다 중요한 것은 마음의 평안을 얻는 일일세."

위의 열 가지를 요약해 보면 항상 목표를 세우고, 실패하더라도 상처받지 말고, 이루고자 하는 바를 실천에 옮기는 것이다. 변화의 주도자가 되자. 변화에 끌려가지 말고 내가 이끌기를 기도한다.

47

주식투자로 인생을 배우다

가족 중 누군가가 주식투자를 하겠다고 하면 무슨 말을 할까? 좋은 생각으로 열심히 해보라고 격려하는가, 아니면 위험한 것이라고 당장 뜯어말릴 것인가? 주변에 주식투자로 돈과 사람을 잃은 경우가 많기에 후자일 것이다. 주식투자의 실패는 주식시장 자체에 있지 않다. 본인의 투자 철학 부재 및 경제 공부의 부족함에서 비롯된다. 투자자들도 할 말이 많다. 작전꾼과 대주주의 농간과 경제의 어려움을 토로한다.

자동차 운전할 때 자동차에 관한 모든 이론과 과학적 지식을 알아야 한다면 운전할 사람이 얼마나 되겠는가? 하지만 풍문과 '감'이라는 요행에 의존하는 것은 위험하다. 주식시장의 '랜덤워크 이론(random walk theory)'을 알아야 한다. 랜덤워크 이론은 주가가 과거 가격에 의존하지 않고 임의적으로 움직이기에 상승과 하락을 예측하는 것이 불가능에 가깝다는 이론이다.

미국 프린스턴대 경제학과 버튼 말키엘 교수도 〈월스트리트 저널(WSJ)〉을 통해 "눈 가리고 다트를 던져 주식을 고르는 원숭이와 펀드 매니저와의 성과 차이는 없다"고 주장한 바 있다.

장기적 관점에서 볼 때 한국의 주식투자 수익률은 선진국이나 타 금융상품에 비해 높지 않은 단점도 있다. 주식시장은 비정하면서도 공정한 쩐의 전쟁으로 나이, 학력, 국적도 묻지 않는다. 누군가는 돈을 벌고 누군가는 손해보는 게임이다. 또한 예측과 전망도 항상 옳지는 않다. 1939년 제2차 세계대전 이후 1945년까지 다우지수는 연간 7% 이상 총 50% 상승했다. 큰 부자는 주식시장의 폭락 뒤에 생긴다. IMF 외환위기, 2000년 닷컴버블, 2008년 금융위기, 코로나 위기 등에서 과감하고 용기 있게 투자한 사람에게 큰 수익을 안겼다.

증권회사에서 퇴직한 이후 주식투자에 손을 끊었었다. 매일 매일 등락으로 돈을 벌고 잃은 것이 하루살이 인생과 같다는 생각이 들기 때문이다. 그러나 은퇴 이후에 많은 시간을 보내야 하는 상황에서 주식투자는 재테크 수단을 넘어 치매 예방 및 공부의 스승으로 적합하다. 소소한 수익은 물론 그동안 깨닫지 못했던 인생철학을 주식시장을 통해 배웠다.

나의 소박한 투자 원칙을 소개하면 다음과 같다.

첫째, 조급하게 투자하지 않는다. 주식시세 변동 폭에 너무 민감하면 하루하루 일희일비하게 되어 실패하기 쉽다. 99번의 성공도 단 한 번의 실패로 끝낸다.

둘째, 자기 분수를 지킨다. 사람의 욕심은 한이 없다. 투자한 종목이 대박나면 기쁘면서도 한편으로는 아쉬움이 남는다. 시장을 이기는 투자자는 없고 주식투자에 공짜도 없다.

셋째, 늘 공부로 꽃을 꺾고 잡초에 물을 주는 우를 범하지 않는다. 누구나 피터 린치나 워런 버핏을 꿈꿀 수 있지만, 대가들의 원칙을 그대로 따라 해도, 실전은 다르다. 장기투자만이 성공도 아니다. 주식투자란 머리가 아닌 가슴과 경험의 꾸준한 공부다.

넷째, 겸손한 자세다. 교만과 미련 모두 경계해야 한다. 투자한 종목에서 손실이 날 때, 원금에 대한 아쉬움과 주가가 더 오를 수도 있다는 미련을 버려야 한다. 놓친 고기가 더 커 보인다. 거래는 내일도 할 수 있다.

다섯째, 포트폴리오, 저가 분할매수, 여윳돈 투자, 우량주 매매원칙 등을 고수한다. 기다리는 봄은 오지 않는다. 시장은 내 마음대로 움직이지 않는다. 시장을 이기려 하지 말고 편승하자.

48

주식 대가들의 이기는 투자

월스트리트 역사상 가장 성공한 펀드매니저는 피터 린치다. 마젤란 펀드를 1977~1990년까지 운용하면서 단 한 해도 마이너스 수익률을 기록하지 않았다.

월가의 영웅으로 불리는 그의 투자법은 첫째, 생활 속에서 좋은 종목을 찾는다. 직장인들이 자주 던킨도너츠의 도넛을 먹는 것을 보고 던킨도너츠 기업에 관심을 가졌고, 부인이 '레그스'라는 스타킹을 매일 신는 것을 보고 헤인즈 기업에 투자했다. 딸이 GAP 의류 브랜드를 선호하는 것을 보고 투자해서 이익을 거두었다.

둘째, 자신이 이해하지 못하는 비즈니스에는 투자하지 않았다. 기업의 돈 버는 구조를 어린아이도 이해할 수 있는 기업에만 투자했다.

셋째, 성장하는 기업에 투자했다. 가치에 비해 주가가 너무 높은 기업은 피하고, 지속적인 성장 잠재력을 보이는 기업을 찾았다. 그의 투자법은 단순하다. "주식은 복권이 아닙니다. 각 주식 뒤에는 기업들이 있어요. 기업들의 실적이 좋으면 주가도 좋게 됩니다." 지당하고 맞는 말이지만 지키기가 쉽지 않다.

워런 버핏의 금융 교육 원칙 여섯 가지를 알아본다.

첫째, 될 수 있으면 일찍 시작하라. 10대에도 늦다. 기본적 돈의 개념을 아는 3~4세부터 시작해도 된다.

둘째, 저축의 가치를 가르쳐라. 아이들에게 저축과 금리에 대해서 바로 가르쳐 준다. 버핏은 "아주 적은 돈이라도 규칙적으로 저축한다면 보상을 받게 된다"라며, "별로 목이 마르지도 않는데도 음료수를 사 먹기 위해 돈을 쓰지 않고 저축한다면, 이자를 벌어서 돈을 불릴 수가 있다"라고 했다.

셋째, 아이에게 부모가 '롤모델'이 돼야 한다. 버핏 자신도 주식 중개인이었던 아버지로부터 배웠고, 열한 살 때 처음 주식을 사기도 했다.

넷째, 원하는 것과 필요한 것을 구분하는 걸 가르쳐라.

다섯째, 경제에 대해 배우는 걸 멈추지 말라. 평생에 걸쳐 배우고 스스로 가르치는 데 시간을 사용하라. 혁신과 새로운 기술에 대해서 두려워하지 말라.

여섯째, 기업가 정신을 북돋우라고 한다. 기업가 정신은 기회를 잡는 능력과 문제 해결 능력을 키우는 것이다.

결국 워런 버핏의 투자전략은 올바른 회사평가와 적정한 시장 가격을 아는 것이다.

워런 버핏의 스승 벤저민 그레이엄은 가치투자의 선구자다. 가치투자란 '좋은 것을 싸게 사서 비싸게 판다'는 원칙이다. 안전 마진과 내재가치를 기본으로 여겼다. 그레이엄은 이익의 극대화가 아니라 손실의 최소화를 강조하면서, 절대로 손해 보지 않는 투자원칙을 전수한다. '투자란 철저한 분석을 기반으로, 원금 안전성과 적정한 수익을 보장하는 약속'이라고 규정한다. 가치투자를 통해 손실을 피하고 장기적인 투자전략의 길로 가야 한다. 대공황의 여파로 한순간에 자산 대부분을 잃기도 했지만, 시행착오가 있었기에 더 견고한 투자전략을 구축할 수 있었다.

투자 습관의 1% 차이가 성공과 실패의 100% 성과를 낳는다.

49

돈으로부터의 진정한 자유

인생은 황금 그릇에 채워질 수도 있고 질그릇에 담길 수도 있다. 그것이 황금 그릇에 담겨있다고 해서 더욱 가치가 있는 것은 아니다. 각자의 인생은 고유의 가치가 있다. "인생은 참으로 아름다워. 행복해, 살맛이 난다"라는 고백이 있다면 그릇 자체가 그다지 중요하지 않다. 황금빛 인생을 위해서 돈, 시간, 친구, 취미, 건강 다섯 가지 부자의 형태를 살펴보자.

첫째, 돈 부자는 얼마나 가졌느냐가 아니고 얼마나 제대로 쓰는가에 달려있다. 둘째, 시간 부자는 쓸데없는 일에 낭비하여 쫓기는 시간 가난뱅이가 되어서는 안 된다. 셋째, 친구 부자는 숫자가 중요하기보다는 비 올 때 우산을 쓸 수 있는 친구를 의미한다. 넷째, 취미 부자는 늘 생기가 넘친다. 즐길 수 있는 일이 있어 나날이 설레기 때문이다. 다섯째, 건강 부자는 부와 명예를 가졌다 해도 건강을 잃으면 모든 것이 무의미해진다. 휠체어 탄 호화 여행은 무전여행보다 못하다.

로버트 기요사키는 《부자 아빠 가난한 아빠》에서 어떻게 돈이 자신을 위해 일하게 만드는지 알아야 한다고 했다. 부자들은 자산을 획득하고 돈이 자산을 위해 일하게 만든다. 반면 가난한 사람들과 중산층 사람들은 부채를 자산이라고 여기며, 돈을 위해 일한다.

많은 교육을 받고 박사학위를 갖고 있으면서도 가난한 아빠는 이렇게 말한다.

"돈을 좋아하는 것은 모든 악의 근원이다. 공부 열심히 해서 좋은 직장을 구해야 한다. 돈은 안전하게 사용하고, 위험은 피해라. 똑똑한 사람이 되어야 한다."

그런데 평생 금전적으로 고생한다. 초등학교도 졸업하지 못한 부자 아빠는 이렇게 이야기한다.

"돈이 부족한 것이 모든 악의 근원이다. 공부 열심히 해서 좋은 회사를 차려야 한다. 무엇보다 위험을 관리하는 법을 배워라."

그리고 돈으로부터의 자유를 얻었다.

어떤 부자로 살아갈 것인지는 각자가 정한다. 진정한 돈의 주인은 돈에 가치를 담는다. 명목상 부자는 통장의 잔고만 쌓고 돈의 노예로 산다. 진정한 부자는 먼저 상대방을 대접한다. 돈에 가치를 담고 베풀면 사람들은 당신의 이름을 기억한다. 돈에 수익을 더하면 금융이 되고, 금융에 가치를 더하면 행복이 된다. 가난하게 태어난 건 그 사람 잘못이 아니지만 가난하게 죽는 건 그 사람의 잘못이다. 인생이란 결코 공평하지 않다. 이것이 부의 원리다.

50

돈이 많으면 행복할까?

외눈박이 사슴은 바닷가에서 풀을 뜯어 먹으면서 사냥꾼이나 무서운 짐승을 경계한다. 눈이 하나밖에 없는 사슴은 못 쓰는 눈은 바닷가에 두고 잘 보이는 눈은 숲을 경계하는 게 좋겠다고 생각했다. 신나게 풀을 뜯어 먹고 있었는데 바다 위에 배 한 척이 나타났다. 물고기를 잡던 한 낚시꾼이 "물고기 잡는 것보다 사슴이 낫겠지"라는 말과 함께 화살을 쏘아 사슴을 명중시켰다. 죽어가던 사슴은 "바다가 훨씬 안전하다고 믿은 내가 한심하구나"라고 중얼거렸다. 자신이 믿고 싶었던 것만 바라보는 좁은 시선이 사달을 냈다는 이솝 우화의 교훈이다.

돈이 많으면 정말 행복할까? 2010년 로이터 통신의 여론조사 결과에 따르면 "무엇이 성공의 가장 중요한 상징인가?"라는 의식조사에서 한국인 응답자의 69%가 돈을 성공의 요소로 꼽았다. 미국은 33%, 캐나다는 27% 응답으로 우리와 대조를 이뤘다. 다른 조사에서도 한국인은 돈이 많아야 행복하다고 믿는다. 이처럼 돈을 가장 중요하게 여기는 한국인 의식은 불행하다는 통계로 이어진다. 한국인의 행복감은 100점 만점에 59점으로 세계 평균 행복지수인 71점에 훨씬 못 미친다.

돈이 많으면 행복하다는 생각은 오해다. 돈이 행복을 가져다준다면 이 세상 모든 부자들이 다 행복해야 하지만, 현실은 녹록지 않다. 백만장자여도 행복하지 않다는 메시지를 전해주는 대표적인 예는 리들리 스콧 감독의 〈올 더 머니(All the Money in the World)〉이다. 이 영화는 돈의 무서움과 허무함을 보여준다.

1973년 7월, 로마에서 일어났던 게티 3세 유괴사건을 소재로 만든 실화 영화다. 게티 3세는 세계 최고의 갑부로 손꼽히는 석유 재벌 존 폴 게티의 손자다. 그는 이탈리아 마피아에게 유괴되어 몸값으로 1,700만 달러(한화 186억 원)를 요구받는다. 납치된 게티 3세의 엄마 게일은 어떻게든 아들을 구하려 하지만 할아버지 폴 게티는 선뜻 몸값을 지급하지 않았다. 폴 게티는 납치범들에게 돈이 없다고 거절하면서 "내게는 손주가 14명이나 있다"라며 "내가 몸값을 준다면 앞으로 13명의 유괴당한 손주를 더 보게 될 것"이라는 말을 남긴다.

유괴사건은 무려 4개월 동안 지속되었고, 마피아는 게티의 귀를 잘라 보냈고, 게티 3세는 몸값을 270만 달러로 낮춰 풀려나온다. 그는 마피아로부터 풀려났지만, 약물에 찌들고 시력을 잃었으며 평생 휠체어 신세로 살다가 54세에 사망했다. 폴 게티는 "부자가 되는 것은 쉽지만, 부자로 사는 것은 완전히 다른 문제"라고 하며, "얼마나 가져야 만족하시겠습니까?"라는 플레처의 질문에 한 마디 "더(More)"로 돈에 대한 끝없는 탐욕을 보여줬다.

행복은 돈으로 살 수 없다. 돈이 많아도 더 많이, 더 많이, 끊임없이 돈을 추구하기 때문이다. 행복은 기대치로 결정되기에 집착을 버리면 행복이 온다. 돈 때문에 행복을 잃는 인생이 되는 우는 범하지 말자.

51

100% 만족하는 삶은 어디에도 없다

도둑이 들끓자, 과수원 주인은 엽총을 들고 울타리 뒤에 숨어 과일을 지켰다. 어느 날 밤, 한 소년이 사과나무 위로 살금살금 기어 올라가는 것이 눈에 들어왔다. 그는 분노한 마음에 총을 겨누었다. 그 순간, 모든 일을 행동으로 옮길 때 10초만 참으라고 했던 어머니의 간구가 떠올랐다. 그래서 잠시 생각한 후

총을 거두고 그냥 집으로 돌아왔다. 그의 아내는 사과를 깎아 주며 말했다.

"여보, 우리 애가 참으로 기특해졌어요. 조금 전에 과수원으로 당신을 보러 나갔다가 가장 잘 익은 사과는 아빠에게 드린다고 이렇게 따왔어요."

과수원 주인은 자기 아들을 도둑으로 오인하고 총을 쏠 뻔했음을 알고 가슴이 철렁했다.

부두 노동자에서 억만장자 된 선박왕 오나시스는 오페라 최고의 디바 프리마돈나에게 반해 마리아 칼라스와 결혼했다. 처음에는 행복에 겨웠지만 결혼 8년이 되기 전 아내는 주부로서 너무 부족했고 권태기가 와서 이혼한다. 그 이후 케네디의 아내였던 23세 연하인 재클린과 재혼했다. 재클린과 결혼한 지 일주일도 안 되어서 오나시스는 "내가 일생일대 최고 실수를 했다"라며 고민하기 시작한다. 한 달에 24억 원을 쓰는 재클린의 낭비벽을 막을 수 없었고, 파혼할 길을 찾지만 엄청난 위자료로 인해 이혼도 못 했다. 오나시스는 화가 났고, 그의 아들마저 비행기 사고로 죽는 충격과 폐렴 합병증으로 세상을 떠났다. 그의 나이 71세 되던 때였다.

"나는 인생을 헛살았다. 하나님께서 주신 축복을 쓰레기로 던지고 간다"라며 오나시스는 가슴을 치고 후회하다 죽었다. 천사처럼 노래를 잘 부르는 칼라스, 높은 지성미의 재클린과 살았어도 후회뿐이었다. 세기적인 미녀 양귀비나 클레오파트라와 산다고 행복해질까? 아름다운 외모와 사회적인 명성은 안개와 같아 햇빛만 나면 바람처럼 사라진다. 바로 지금 내 옆의 반려자가 최고다.

삶의 목표는 행복이다.
행복과 불행은 동전의 앞뒷면과 같은
삶의 조합 덩어리가 아닌 정교한 조각작품
작은 행복이 모여서 큰 행복이 되며,
함께 누리는 기쁨의 상대적 감정
행복! 두 발로 걸을 수 있는 것만으로도 은혜다.

52
돈 공부

"문맹은 생활을 불편하게 하지만 금융문맹은 생존을 불가능하게 만들기 때문에 문맹보다 더 무섭다."

– 앨런 그린스펀 前 미국 연방준비제도이사회 의장

누구나 돈을 잘 안다고 생각하지만, 의외로 금융문맹이 많다. 돈 공부의 목적은 금융을 제대로 이해하고 효율적으로 관리하여 합리적인 소비로 이어지게 한다. 한국의 금융문맹률이 높은 이유는 학교에서 금융교육을 배우지 못했고, '돈'을 부정적 시각으로 보는 사회적 분위기 때문이다. 평생 돈에 허덕이거나 노인빈곤율이 높은 이유 중 하나이다. 내 자녀만은 돈 걱정 없이 행복하게 살기를 바란다.

행동 재무 전문가이자 '컬래버러티브 펀드'의 모건 하우셀이 〈CNBC make it〉에 기고한 9가지 돈에 대한 교훈은 다음과 같다. ① 인생에서 기회의 역할을 평가절하하지 말라. ② 돈이 주는 가장 큰 보상은 시간을 통제할 수 있는 힘이다. ③ 돈을 마음대로 쓰는 것을 구하지 말라. ④ 성공이 언제나 큰 행동으로 얻어지는 것은 아니다. ⑤ 소득 내에서 생활하라. ⑥ 마음을 바꾸면 그만이다. ⑦ 모든 것에는 대가가 따른다. ⑧ 돈이 성공을 측정하는 가장 중요한 기준은 아니다. ⑨ 다른 사람의 조언을 무조건 받아들이진 말라. 요약하면 경제문맹에서 벗어나 돈 버는 시스템을 구축하라는 것이다.

다음은 미국의 재무 설계사 스테판 M. 폴란의 저서 《8가지 만 버리면 인생은 축복》의 내용이다. ① 나이 걱정: 나이에 주눅 들지 말고 꾸준히 노력하라. ② 과거에 대한 후회: 어찌할 수 없는 일에 집착하는 것은 어리석다. 지난 일을 잊고, 용서하고 성공하는 것이 최고의 품격 보복이다. ③ 비교 함정: 남이 아닌 자신의 삶에 집중하자. ④ 자격지심: 스스로를 평가절하하지 말자. ⑤ 개인주의 벗어나기: 모든 일을 혼자서 할 수는 없다. ⑥ 미루기: 망설이다 보면 두려움만 커지고, 장고 끝에 악수 둔다. ⑦ 강박증: 얽매여 불안에 떨지 말고 최고보다 최선을 선택하라. ⑧ 막연한 기대감: 현재를 경작하라.

지금 아무것도 하지 않으면서 기대하는 것은 헛된 꿈이다.

세상에서 가장 가난한 대통령인 우루과이 전 대통령 무하카의 연설문 중 한 구절이 떠오른다. "우리는 발전을 위해 태어난 것이 아니라 행복하기 위해 지구별에 온 것이다."

노자는 돈에 대한 자세에 관하여 "돈에 너무 집착하지 말라. 돈은 인생의 윤활유로써 필요한 것은 틀림없지만, 돈에 집착하는 것은 돈의 노예가 되는 것이다. 돈으로부터 자유를 얻어야 한다. 인생의 진정한 성공은 돈 걱정 없이 사랑하는 사람과 함께 있는 것이다. 얼마나 벌고, 갖고 있느냐가 자유의 척도가 아니다. 돈으로 무언가를 할 수 있다는 수단이 아닌 돈의 목적을 깨닫는 것이다"라고 했다.

53
주는 자가 받는 자보다 더 복이 있다

미국 어떤 작은 도시에 있는 슈퍼마켓이 갑자기 정전되었다. 비상등이 있어 어둠은 밝힐 수 있었으나, 계산대는 작동되지 않았다. 얼마간의 시간이 지났지만 사고가 수습될 기색이 보이지 않자, 지점장이 나서서 손 마이크로 안내했다. '정전으로 불편을 끼친 일에 대해 사과드립니다. 언제 다시 전기가 들어올지 모르니 현재 카트에 담겨있는 물건은 그대로 가지고 가세요.' 이어서 '그 상품과 비슷한 돈은 여러분이 원하는 자선단체에 기부하세요'라고 공지했다. 이 사건은 입소문을 타고 인근에 퍼졌고, 언론을 통해 알려지게 되었다. 사람들은 손님의 안전을 위해 배려한 마켓 측을 칭찬했고 그의 결단력을 칭찬했다. 얼마

후 본사 감사팀이 와서 조사한 결과, 그날 고객들이 갖고 간 상품은 4천 달러에 달했지만, 언론과 입소문에 의한 마켓 이미지가 고양되어 얻은 이득은 40만 달러에 이른다는 결론을 내렸다.

19세기 미국의 대중적 시인인 롱펠로는 노년에 아내의 오랜 투병과 화재로 인해 비참한 최후를 맞는다. 그러나 그의 시는 너무나 아름다웠다. 임종을 앞둔 그에게 기자가 물었다.

"숱한 역경과 고난을 겪으면서도, 당신의 작품에는 진한 인생의 향기가 담겨있는데, 그 비결은 무엇입니까?"

그는 마당의 사과나무를 가리키며 대답했다.

"저 나무가 나의 스승입니다. 저 나무는 비록 늙었지만 해마다 단맛을 내는 사과가 주렁주렁 열리는데, 이는 늙은 나뭇가지에서 해마다 새순(筍)이 돋기 때문입니다."

축복은 항상 있다. 때로는 다른 각도에서 인생을 바라보면 된다.

미국의 세기적 대부호 록펠러 1세는 피도 눈물도 없이 무자비할 정도로 타 기업을 흡수 통합하며 돈을 번 악덕 기업가였다. 농산물 매매로 시작하며 33세에 백만장자가 되었고, 43세에는 미국 최대 재벌회사로 스탠더드 오일 회사를 경영했다. 미국에서 생산되는 석유의 95%를 독점했고 철광, 철도, 광산, 금융 등을 마구잡이로 흡수해 거대 공룡기업이 되었다. 하지만 55세 때 알로페시아라는 탈모증과 비슷한 암에 걸려 1년 시한부 인생을 통고받았고, 실의에 빠져 절망하게 되었다. 그는 "아들아, 곧 세상을 떠날 텐데, 자선사업이나 하다가 가거라"라는 어머니의 말씀에 따라 자선사업을 시작하게 되었다. 전반부 삶과 달리 후반부에서는 경영은 후계자들에 맡기고 사회적 기여와 책무에 매달렸다. 시카고 대학 설립, 연구소와 의료협력 기관, 박물관 문화시설 등을 세웠고, 많은 치료제를 개발했다. 기부와 자선사업을 확대해 나가면서 병세가 급격히 호전되어 99세까지 장수를 누렸다.

젊어서의 목표가 성장과 재물 축적이었다면, 후반기에는 보람과 의미 있는 삶으로 바뀐 것이다. 후반 인생에 전반부와 같이 '돈, 돈, 돈' 하면 불쌍한 삶이다. 아름답게 살아야 아름답게 죽을 수 있다. 인생의 평가는 마지막 순간에서 판가름 난다. 은퇴와 장수는 준비된 자에는 축복이지만, 그렇지 못한 경우에는 고해이고 괴로움일 수 있다.

54

생각의 차이

자동차 산업의 전설 리 아이아코카는 대학 졸업 후 포드에 입사하여 젊음과 열정을 바쳤다. 하지만 55세에 정리해고를 당해 배신감과 증오에 몸을 떨었다. 그는 절망의 순간에 파산 직전의 크라이슬러사를 인수해서 흑자로 만들었다. 고통을 딛고 일어서기까지 자신감과 가족의 격려가 결정적이었다.

누에나방 애벌레가 고치 속에서 나방이 되기 위해서는 좁은 틈새를 비집고 나와야 한다. 그 과정이 너무 애처로워 끝을 조금 찢어주면 쉽게 빠져나온다. 그러나 쉽게 나온 나방은 비틀거리다 날지 못하고 죽는다. 발버둥 치는 과정에서 날개가 힘을 얻고 아름다운 무늬가 만들어지는데 그것을 피했기 때문이다. 때론 역경이 보물이 된다.

번지점프에 성공하기 위해서는 한 걸음 더 내디뎌야 한다. 사랑받고 싶다면 내가 먼저 사랑을 내밀어야 한다. 원하는 삶을 살아가기 위해 가장 필요한 것은 무엇일까? 바로 자신감이다. 피카소는 항상 "나는 억만장자가 될 것이다"라는 자신감의 소유자였다. 자신감은 타고나는 것이 아니라 만드는 것이다. 자신감은 미움받을 용기이면서 불가능에 대한 도전이다. 자신에게 당당하면 꺼릴 것 없는 자신감은 자존감과 인내심의 합작품이다. 즉 자신에 대한 믿음, 자기 신뢰이다. 다른 사람들과 자신을 비교하면 자신감이 생길 수 없다. 자신감이 결여되면 그 삶의 중심이 흔들리고 삶이 소극적이고 부정적으로 바뀐다. 낮은 자존심이란 브레이크를 밟으며 앞으로 나아가려는 우를 범하는 것과 마찬가지다.

삶에서 자신감을 어떻게 끌어올릴 수 있을까? 우리가 어렸을 때 자전거 타는 것으로 유추해볼 수 있다. 네발자전거를 타다가 보조 바퀴를 떼어 내고, 두발자전거를 타고 달리는 순간 느끼는 감정이 자신감이다. 이런 자신감을 가질 수 있는 원동력은 아버지가 뒤에서 안전하게 잡아주고 있다는 믿음, 자기 실력에 대한 믿음, 두발자전거를 타고 달릴 때 느끼는 기쁨과 만족감이다.

스스로 틀에 가두지 않고, 모든 가능성과 두려움을 받아들이는 법을 배워 자신감을 가지고 세상으로 나가야 한다.

나는 잘될 거야! 나는 힘들지 않아! 생각의 차이가 운명을 바꾼다.

55

인생의 짐

영국 난세의 영웅으로 알려진 아서왕이 이웃 나라 왕에게 포로 신세가 된 적이 있었다. 그를 사로잡은 왕은 아서왕의 혈기와 능력에 감복하여 아서왕을 살려줄 하나의 제안을 한다. "여자들이 정말로 원하는 것이 무엇인가?"에 대한 해답을 1년 안에 가져오면 죽이지 않고, 그렇지 못하면 처형하겠다는 것이었다. 아서왕은 자신의 왕국으로 돌아와서 모든 백성에게 묻기 시작했지만, 그 누구도 만족할 만한 답을 주지 못했다.

시간이 흘러 주어진 시간이 얼마 남지 않게 되자, 북쪽에 사는 늙은 마녀에게 묻기로 한다. 마녀는 해답을 가르쳐주는 대가로 아서왕이 가장 신뢰하는 용감한 장군 거웨인과 결혼하게 해달라고 했다. 꼽추에다 치아도 없고, 이상한 냄새와 소리를 내고 다니는 마녀와 부하를 결혼시킬 수 없었다. 이때 신하인 거웨인은 충성심으로 마녀와 결혼하겠다고 한다. 마녀는 아서왕에게 여자들이 정말로 원하는 것은 '바로 자신의 삶을 자신이 주도하는 것'이라는 답을 준다.

거웨인이 마녀를 아내로 맞고 첫날 밤 침실로 들어갔는데, 침실에는 지금까지 본 적 없는 아름다운 미녀가 있는 게 아닌

가. 그 미녀는 다름 아닌 늙은 마녀로 자신이 추한 마녀임에도 불구하고 아내로 인정한 거웨인에게 감사하며, 이제부터는 거웨인이 선택한 것에 따르겠노라고 말했다.

등산하다 보면 지고 가는 배낭이 너무 무거워 벗어 버리고 싶을 때가 있다. 하지만 정상에 오르면, 배낭에 가득한 음식으로 행복해진다. 우리 인생 여정도 이와 별로 다를 바 없다. 짐 없이 살아가는 사람은 없다. 저마다 자기가 감당해야 할 짐이 있기 마련이다. 명예, 부, 책임, 건강도 짐이 된다. 미움만 짐이 아니고 사랑도 짐이라는 사실이다. 이럴 바엔 기꺼이 짐을 짊어지고 살아간다고 생각하는 게 차라리 마음 편하다. 언젠가 짐을 풀 때 짐의 무게만큼 보람과 행복을 얻게 될 것 아니겠는가?

병아리가 엄마 닭에게 "엄마는 왜 하늘을 못 날아?"라고 물었다. 갑작스러운 질문에 잠시 고민하던 엄마 닭이 대답했다. "응. 땅 위에 먹을 것이 많아 굳이 하늘을 날 필요가 없단다."

새가 날 수 있는 것은 공기의 저항을 극복하기 때문이다. 우리 인생은 사건 10%와 그 사건을 대하는 태도 90%로 이루어진다. 다가올 시련의 짐에 어떤 선택을 할 것인가? 낙담과 절망인가, 아니면 도전과 용기인가.

56

우리는 왜 자신에게 항상 높은 점수를 줄까?

한 부부가 차에 기름을 넣기 위해 주유소에 들렀다. 주유소 직원은 기름을 넣으면서 차의 앞 유리를 닦아 주었다. 그런데 남편이 유리가 아직 더럽다며, 한 번 더 닦아달라고 부탁하자, 직원은 꼼꼼하게 유리를 한 번 더 닦았다. 그런데도 남편은 "아직도 더럽군! 당신은 유리 닦는 법도 몰라요?"라며 화를 내는 것이다. 그때 그의 아내가 손을 내밀어 남편의 안경을 벗겨 렌즈를 닦았다. 남편은 깨끗한 앞 유리창을 볼 수 있었고, 그제야 무엇이 잘못되었는지 깨달았다.

미국 프린스턴 대학의 프렌티스 박사에 따르면 인간은 기본적으로 '무조건 자기에게 유리하게 생각하는 사고방식'을 갖고 있다고 한다. 이것을 '셀프 서빙 바이어스(Self Serving bias)'라고 부른다.

〈월스트리트저널〉의 조사에 따르면 "당신의 도덕성은 몇 점 정도인가?"라는 질문에 대부분의 사람이 90점 이상이라고 대답했으며, 11%만 74점으로 대답했다. 흡연자들은 담배를 즐겨 피우면서 '나만은 절대로 폐암에 걸리지 않을 것이다'라고 굳게 믿고 있다. "당신이 100세까지 살 확률은 몇 프로인가?"라는 질문에는 10%라고 대답한다. 현실은 0,02%에 불과한데 자신은 장수할 것으로 믿는다.

호주의 한 조사에서 "당신의 사업 능력은 동료들에 비해 어떠한가?"라는 질문을 했더니. 86%의 사업가가 자신의 사업 능력을 평균 이상이라고 평가했다. 이때, 평균 이하라고 대답한 사람은 놀랍게도 1%에 지나지 않았다. 판단력의 왜곡 현상으로 평소에는 사물을 냉정하게 판단하는 사람도 자신의 일이나 자기 가족, 자기 회사의 일에 대해서는 순간적으로 객관적인 판단력을 잃게 된다. "내가 하면 로맨스, 남이 하면 불륜"이라는 말도 우연히 나온 심리가 아니다.

남을 탓하기에 앞서 자신이 얼룩진 안경을 끼고 있지는 않은지 되돌아볼 필요가 있다. 색안경을 끼면 사물과 현상을 제대로 볼 수 없다. 자신의 매몰된 논리와 생각에서 벗어나 나눔과 공존의 올바른 시각을 가질 때 살아가는 보람이 샘솟는다.

57

행운도 노력하는 자의 몫

휴일, 일기예보에 없던 강한 돌풍과 비가 내렸다. 낡고 좁은 방에서 사는 직원은 자신이 일하는 회사 창고의 화물들이 걱정되어 사무실에 나왔다. 전날 들어온 화물이 너무 많아 일부를 창고 밖에 두고 퇴근했는데, 갑자기 내리는 비와 돌풍으로 방수포가 벗겨지지 않았는지 점검하기 위해서다. 비에 쫄딱 젖으면서 화물을 안전한 곳으로 이동시켰다. 역시 화물이 걱정된 사장도 창고로 나와 남자를 도와 마무리지었다. 다음 날, 사장은 남자를 불러서 말했다.

“자네에게 우리 회사의 관리를 맡기고 싶은데 가능하겠나?”

남자는 당황하며 말했다.

“사장님, 전 제대로 된 경력도, 학력도 없는데요.”

그러자 사장은 남자에게 다시 말했다.

“자네가 어제 보여준 모습은, 그런 것들을 뛰어넘고도 남으니 걱정하지 말고 맡아주게.”

이 직원에게 벌어진 일은 단순히 행운이 아니다. 성실한 행동과 노력에 따른 당연한 결과다. 행운은 노력하는 자의 몫이다.

세계적인 축구선수였던 영국의 베컴은 재산이 6,800억 원에 달하는 부자지만 그는 아들을 카페에서 궂은일을 하며 아르바이트를 시켰다. 미국 대통령이었던 오바마도 16세의 딸을 레스토랑에서 최저임금을 받으며 일하도록 했다. 이런 예들은 스스로 자기의 삶을 만들어 가야 한다는 철학에 따른 것이다. 토머스 제퍼슨의 말이다. "나는 내가 더 노력할수록 운이 더 좋아진다는 걸 발견했다."

58
위대한 사람 뒤에는 위대한 어머니가 있다

"여자는 약하다. 그러나 어머니는 강하다"라는 말이 있다.

수많은 발명으로 인류의 삶에 크게 이바지한 토머스 에디슨은 어린 시절 성홍열을 앓은 후 한쪽 귀가 안 들리고 몸이 허약해 학교도 늦게 입학했다. 어눌하지만 호기심과 탐구심이 왕성했던 에디슨은 다른 아이들이 하지 않는 질문으로 선생님을 곤란하게 만들었다. 어느 날 선생님은 에디슨에게 편지를 한 통주면서 "이걸 꼭 엄마에게만 갖다 드려라"라고 하셨다. 선생님의 편지를 본 어머니는 눈물을 흘렸다. 그리고 그 편지의 내용을 아들에게 읽어주었다.

"당신의 아드님은 천재입니다. 우리 학교는 아드님을 가르칠 만한 좋은 선생님이 없습니다. 어머님께서 직접 가르치십시오."

이후 에디슨은 집에서 어머니와 함께 공부했다. 어머니는 학교 선생님과 달리 에디슨의 어떤 질문에도 화를 내지 않았다. 에디슨은 가장 위대한 발명가가 되었고, 어머니의 유품을 정리할 때 서랍 모퉁이에서 접혀있는 편지 하나를 발견했다. 편지는 어린 시절 학교 선생님으로부터 온 편지였다.

"당신의 아이는 지적 장애가 있습니다. 그렇기에 일반 아이들과 함께 가르칠 수 없습니다. 더는 아이를 학교에 보내지 않으셨으면 합니다."

에디슨은 한동안 눈물을 멈출 수가 없었다. 그리고 그는 일기에 이렇게 썼다.

"토머스 에디슨은 문제아 아들이었다. 하지만 영웅과도 같은 어머니로 인해 세기의 천재가 되었다."

어머니는 아들을 믿고 기다린 것이다. 독서를 통한 다양한 정보는 물론 영감과 아이디어의 질문을 칭찬한 것이다. 에디슨은 그의 일기에서 "나는 내가 막힐 때면 언제나 나의 어머니를 생각한다"라고 썼다. 에디슨은 자주 이렇게 말하곤 했다.

"나는 실패한 적이 없다. 다만 제대로 작동하지 않는 수천 가지 방식을 찾아냈을 뿐이다."

에디슨이 이런 긍정적인 시각과 인내를 가질 수 있었던 것은 에디슨의 수없는 실수를 탓하지 않고 받아준 어머니의 인내심 때문이었다.

59

참된 투자

미국 프로농구 NBA의 명문 올랜도 매직의 전(前) 부사장이었던 팻 윌리엄스는 명예의 전당에 올랐고, 30여 권 이상의 책을 낸 베스트셀러 작가이기도 하다. 20대 때부터 자신이 원하는 일에 뛰어들어 큰 성공까지 거둔 그는 18명의 자녀를 두었다. 그중 혈연관계인 자녀는 4명뿐이고 나머지는 모두 입양했다. 입양한 아이들 중 상당수는 장애를 갖고 있다. 팻은 20명이 넘는 가족들과 함께 여행을 다니기 위해서 대형 버스와 함께 대형 식탁을 구매했다. 남들이 하기 어려운 희생과 투자였다.

그는 많은 아이들을 입양하고 돌보는 이유를 다음과 같이 설명했다.

"제가 자녀들을 이렇게 많이 두고 보살피는 것은 저의 행복을 위해서입니다. 나 혼자만 잘살아서는 결코 행복할 수 없고, 나눌 줄 알아야만 진정으로 행복해질 수 있습니다. 아이들을 입양하는 것은 행복을 위한 저의 투자이기도 합니다."

《논어》에서 '덕불고필유린(德不孤必有隣)'은 덕이 있으면 외롭지 않아 이웃이 있다는 것을 이르는 말이다.

탐험가 어니스트 섀클턴은 1913년 11월, 신문에 다음과 같이 탐험대 모집 광고를 냈다.

"대단히 위험한 탐험에 동참할 사람을 구함. 급여는 쥐꼬리만 함. 혹독한 추위와 암흑과 같은 세계에서 여러 달을 보내야 함. 탐험기간 동안 위험은 끊임없이 계속되고, 무사히 귀환할 것이라는 보장도 없음. 그러나 성공할 경우 명예와 만인의 사랑과 인정을 받게 될 것."

그래서 28명이 모였는데 그들은 직업도, 하는 일도 각기 다른 사람들이지만 한 가지 공통점은 반드시 남극을 정복하고 오겠다는 다짐이었다. 그래서 배 이름도 '인듀어런스', 곧 '인내'라고 붙였다. 그런데 탐험하는 도중 이 배가 남극의 부빙 속에 갇혀 옴짝달싹 못하게 되었다. 그들에게는 혹한과 죽음이 기다리고 있었다. 그러나 섀클턴은 헌신과 인내의 지도력을 발휘함으로써 비록 목표인 남극에는 이르지 못했지만 28명의 자원자 한 사람도 빠짐없이 모두 데리고 귀환했다.

섀클턴이 이렇게 할 수 있었던 것은 세 가지가 있었기에 가능했다. 첫째, 버림으로써 무게를 줄였다. 가지고 있던 식량과 돈도 버렸다. 둘째, 솔선수범한 희생이었다. 배가 좌초하자 섀클턴은 2,400㎞나 떨어진 곳으로 죽기를 각오하고 배를 구하러 떠났다. 셋째, 믿음에 따른 용기였다. 그는 신이 함께하시면 어떤 것도 할 수 있다고 믿었다. 세상에는 눈에 보이는 것보다 보이지 않는 소중한 것이 더 많다.

'남향집에 살려면 3대가 적선하여야 한다'라는 덕담처럼 선한 일을 행하면 보답이 반드시 뒤따른다고 했다.

4장

행복은 어디서 오는가?

나이를 먹어가며 즐거운 일이 없다고 한탄하기보다는 스스로 행복을 만들어라. 행복은 기쁨의 횟수가 아닌 행복을 대하는 우리의 태도에 달려 있다. 행복은 결과가 있는 것이 아닌 과정에서 느끼는 성취감이다. 산다는 것은 시련을 감내하는 것이며 시련이 없다는 것은 축복받은 적이 없다는 것이다. 시련은 당신이 알지 못했던 것을 깨닫게 한다. 감당 못 할 시련은 없다.

프랑스 철학자 레비나스는 "참으로 사람답게 사는 삶은 타자에 눈뜨고 거듭 깨어나는 삶이다"라고 했다. 그렇다. 인생을 사랑한다면, 행복할 권리를 되찾자. 어렵다고 회피하지 말고 당당히 맞서자! 힘내! 감사하면 행복해진다.

60

행복의 조건

행복은 주관적 안녕감의 편안한 상태로 인생의 목표다. 외부적 행복은 환경과 운에 달렸고, 내부의 행복은 영혼을 자극하는 사랑에서 비롯된다. 행복은 남들이 가지고 있는 것이 아니라 이미 내 마음속에 있다. 행복의 조건은 같은 방향을 바라보는 그리 거창하지 않은 사소한 주변의 관심과 애정이다. "행복은 삶의 의미이자 목적이며 총체적인 목표다." 아리스토텔레스의 말이다.

영국의 철학자 버트란트 러셀은 '행복은 주어지는 것이 아니라 노력으로 정복하는 것'이라고 했다. 노벨경제학상 수상자 대니엘 카너먼은 "가장 기분 좋은 시간이 길면 길수록 행복하다"라는 사고와 행동의 레퍼토리를 확장시켰다. 우연적 요소로 찾아오는 행복에 도달하는 방법은? 첫째, 의미 있는 일을 할 때 행복해진다. 쾌락적인 일도 일시적인 행복감을 줄 수 있지만, 그 지속성이 짧다. 둘째, 나를 위한 오롯한 행복 추구보다 사랑하는 사람들을 행복하게 만든다. 셋째, 행복은 소유에 있지 않고 나의 마음가짐에 있다. 넷째, 행복이 머무르는 곳은 현재로, 가치 있는 삶이 반증한다. 다섯째, 행복은 불행과 함께 찾아오는 경우가 많다. 불행을 막기 위한 긍정적 생각과 운동, 공부가 요구된다.

철학자 칸트는 행복하기 위해서는 할 일이 있고, 사랑할 사람, 희망이 있어야 한다고 했다. 행복학의 대가 조지 베일런트 박사는 행복해지는 조건 중 으뜸으로 '고난에 대처하는 자세'를 꼽는다. 비록 오늘 힘들어도 내일의 태양이 다시 뜬다.

스티브 잡스는 "소크라테스와 점심을 같이할 수 있다면 우리 회사의 모든 기술을 그의 철학과 바꾸겠다. 애플은 인문학과 기술의 교차점에 있기 때문"이라고 했다. 빌 게이츠도 "인문 고전이 없었다면 마이크로소프트는 없었다"고 말했다.

장편 역사소설 《폼페이 최후의 날》의 저자 에드워드 불워 리턴은 “과학에서는 최신의 연구서를 읽고, 문학에서는 가장 오래된 책을 읽으라”고 인문학의 중요성을 갈파했다. 인문학과 과학기술의 접점에서 창의적인 꽃이 피어난다.

남극의 영하 오십 도의 극한 추위 속에서도 황제펭귄이 살아갈 수 있는 것은 ‘허들링(huddling)’ 방법을 알기 때문이다. 바람이 매서워지면 ‘허들링 대열’을 만들어 서로가 서로에게 밀착하고 겹겹이 에워싼다. 바깥쪽에 있는 펭귄들의 체온이 떨어지면 서로의 자리를 바꾼다.

나마스테는 인도와 네팔에서 주고받는 인사말로 ‘지금 여기의 당신을 존중하고 사랑한다’는 의미이다. 이것도 상대방을 존중하고 공감 능력을 높여주는 허들링의 일종이다. 초기 불경 〈숫타니파타〉에는 다음과 같은 말이 있다. “홀로 행하고 게으르지 말며 비난과 칭찬에도 흔들리지 말라. 소리에 놀라지 않은 사자처럼 그물에 걸리지 않은 바람처럼 진흙에 더럽혀지지 않은 연꽃처럼 무소의 뿔처럼 혼자서 가라.” 늘 정진하되 세파에 흔들림 없이 자신을 바르게 지키며 고고하게 살아가라는 의미다.

61

웃으려 하기 때문에 행복해진다

고대 그리스의 시인 호메로스의 《오디세이아》는 트로이 전쟁의 영웅 오디세우스가 귀향 과정에서 겪는 모험을 다룬 대서사시다.

그리스군은 트로이 전쟁이 끝난 후 조국으로 돌아갔으나, 이타케섬의 국왕인 오디세우스는 귀국할 수 없었다. 바다의 신 포세이돈의 아들인 폴리페모스를 장님으로 만들었기 때문이다. 칼립소의 섬에 갇혀 있을 때, 여신 칼립소는 오디세우스를 남편으로 만들려고 온갖 좋은 것을 대접하지만 실패한다. 오디세우스를 보내기 전에 여신은 그의 부인이 여신인 자신보다 더 아름다운지 묻는다. 오디세우스는 망설임 없이 답한다. "제 아내의 미모는 당신에 비하면 아무것도 아닙니다. 그럼에도 불구하고 나는 가족이 있는 집으로 돌아가고 싶을 뿐입니다." 가족이 우선이라는 가치를 상징한다.

오디세우스의 아내에게 구혼하는 남자들에게 돌아가신 시아버지를 위해 짜는 수의가 완성되면 재혼하겠다고 약속한다. 하지만 이는 진심이 아니었고, 그녀는 매일 남자들이 지켜보는 앞에서 수의를 짜고, 밤이 되면 몰래 다 풀어 버리기를 반복했다. 그녀를 통해 우리는 희망이 없어 보여도 사랑하는 사람을 위한 의무에서 벗어나지 말라는 교훈을 얻는다.

"나는 아무것도 아닙니다." 이것은 세상에는 보잘것없이 보일지라도 각각은 미지의 무엇이 있다는 의미이다. 오디세우스는 말한다. "인간의 삶은 불멸과 영생을 사는 신(神)보다 더 가치가 있다. 인간은 모험과 시련을 넘나들며 결국 죽음을 맞이할 수 있기 때문이다. 이름대로 사는 당신이 바로 영웅이다." 우리는 모두 존엄하고 명품 중의 명품으로 태어났다.

사회경제를 주장하다가 대학교수직을 박탈당했던 스콧 니어링은 아나키스트로서의 삶을 지향하기 위해 척박한 산속으로 들어간다. TV 프로그램 〈나는 자연인이다〉의 주인공과는 다르게 아내와 함께 땅을 일궈 자급자족하고 저술과 강연을 하며 살았다. 그의 삶과 생활 방식을 보기 위해 수많은 사람이 환경의 성지처럼 버몬트를 찾았다. 그는 100세 생일 일주일 전부터 곡기를 끊고 아내의 무릎을 베고 죽었다. 자연의 삶을 너무 사랑한 자연스러움의 극치를 보여준 것이다.

웃는 날들을 모으면 행복이 되고,
좋은 날들을 모으면 추억이 되고,

노력한 날들을 모으면 꿈이 된다.

행복을 현실로 바꾸는 노력이 필요하다.

가진 게 없다고 불평하기에는 인생이 너무 짧다.

당신이 가진 꿈 자체만으로도 멋지고 승자다.

행복하기 때문에 웃는 것이 아니고 웃기 때문에 행복해진다. 강한 사람은 약점이 없는 사람이 아닌 약점도 부족한 점도 있지만, 묵묵히, 흔들림 없이 자신의 삶을 계속 이어가는 사람이다. 인생에서 무엇이 부족한지가 그다지 중요하지 않다. 중요한 건 부족해도 계속할 수 있느냐이다. 거슬러 올라가는 송어처럼 용기로 씩씩하고 당당하게 나가자. 하루하루의 가치가 쌓여 생의 끝자락에서 드러난다.

62

크리스마스 기적

제2차 세계대전 서부전선 독일군 최후의 대반격인 벌지 전투(Battle of Bulge) 중 벨기에 국경 지역 작은 오두막집에서 있

었던 이야기이다.

열두 살 소년은 어머니와 함께 한적한 숲속에서 살고 있었다. 포격 소리가 간혹 들리는 1944년 크리스마스이브, 두 명의 미군 병사가 조심스럽게 문을 두드렸다. 무장한 그들은 강제적으로 집으로 들어올 수 있었으나, 그냥 문 앞에 서서 잠시 쉬어가게 해 달라고 요청했다. 침묵이 흐른 후 어머니는 "들어오세요"라고 말했다. 그들은 부상자를 들어 침대 위에 눕혔다. 어머니는 크리스마스이브 때 쓰려고 아껴 두었던 수탉 한 마리와 감자를 가져와서 요리를 했다. 얼마 후 문을 두드리는 소리가 들렸다. 이번에는 네 명의 독일군이 서 있었다. 순간, 어머니는 그 자리에 얼어붙는 느낌을 받았다. 적군을 숨겨주게 되면 반역죄로 즉결 총살감이라는 것을 직감했기 때문이다.

독일군은 "프뢸리헤 바이낙텐(축 성탄)!" 하면서 오늘 밤 하루만 쉬어가게 해 달라고 간청했다.

"물론이지요, 따뜻한 음식도 있으니 어서 들어오세요."

병사들이 감사하다는 말과 함께 들어오는데, 어머니는 작지만 단호한 목소리로 말했다.

"하지만 우리 집에 이미 다른 손님들이 와 있습니다. 그들이 당신들의 친구는 아닐지 모릅니다."

그 찰나 독일군들은 총의 방아쇠에 손가락을 걸었고 숨어서

문밖을 살피던 미군들도 마찬가지였다. 팽팽한 긴장이 감도는 순간, 어머니가 침착한 태도로 말을 이었다.

"오늘은 크리스마스이브입니다. 우리 집에서 싸움이 벌어지는 것은 절대로 허용할 수 없습니다. 당신들은 내 아들과 같습니다. 저 안에 부상해 낙오한 미군들도 마찬가지예요."

"모두 배고프고 지친 몸입니다. 오늘 밤만은 죽이는 일을 서로 잊어버립시다."

무거운 침묵이 끝나고 독일군과 미군들은 고분고분 총을 장작더미 위에 올려놓았다. 독일군 중 한 명은 다친 미군의 상처를 돌보기까지 했다. 군인들은 서로 간의 적개심을 버리고 즐겁게 식사하면서 대화를 나눴다. 어머니의 식탁 기도는 "주님, 평화를 주옵소서"였다. 자정 직전 어머니는 문밖으로 나가 함께 베들레헴의 별을 보자고 했고, 모두 어머니의 곁에 서서 하늘을 올려다보면서 잠시 전쟁을 잊게 되었다. 다음 날 아침, 독일군과 미군들은 오두막집 앞에서 악수하고, 서로 헤어져 반대편으로 걸어갔다.

Merry Christmas.

생텍쥐페리는 《어린 왕자》에서 사막에서 만난 여우가 어린 왕자에게 어떻게 해야 친구를 가질 수 있느냐는 질문에 '순수와 인생의 통찰력'이 필요하다고 한다. "언제나 같은 시각에 오는 게 더 좋아. 만약 네가 오후 네 시에 온다면 난 세 시부터 행복할 거야. 시간이 흐를수록 난 점점 더 행복해져서 네 시에는 흥분해서 안절부절못할걸. 그래서 행복이 얼마나 값진 것인지 알게 되겠지!"

63

행복의 시간은 아무도 기다려주지 않는다

일 년의 소중함을 알고 싶으면 입학시험에 떨어진 학생에게 물어보라.

한 달의 소중함을 알고 싶으면 미숙아를 낳은 산모에게 물어보라.

한 주의 소중함을 알고 싶으면 주간잡지 편집장에게 물어보라.

하루의 소중함을 알고 싶으면 빈 통장의 일용직 근로자에게 물어보라.

한 시간의 소중함을 알고 싶으면 애인을 기다리는 사람에게 물어보라.

일 분의 소중함을 알고 싶으면 기차를 놓친 사람에게 물어보라.

일 초의 소중함을 알고 싶으면 운명을 가른 사고를 당한 사람에게 물어보라.

1,000분의 1초의 소중함을 알고 싶으면 올림픽 은메달리스트에게 물어보라.

- 코카콜라 前 회장 더글라스 대프트 신년사 중에서

시간은 인간이 쓸 수 있는 가장 소중한 요소로, 기다려주지 않는다. 어제는 이미 지나간 역사이며, 미래는 미스터리, 오늘만이 선물이기에 현재(present)를 선물(present)이라 부른다. 시계는 늘 현재 시각만을 나타내기에 우리는 시간이 흘러가는 것을 체감하지 못하고 현재에 안주한 채 살아간다.

고대 그리스에서는 시간을 두 가지로 나눴다. 크로노스(Chronos)는 물리적 시간으로 객관적 · 정량적 시간이다. 카이로스(Kairos)는 특별하고 주관적 · 정성적 시간으로, "하루가 천 년 같고 천 년이 하루 같다"라는 의미이다. 평범한 크로노스의 시간을 특별한 카이로스의 시간으로 변화시켜야 한다. 인간이 제 아무리 위대한 업적을 세우고 대단한 명성이나 부를 쌓았다 할지라도 죽음 앞에서는 굴복할 수밖에 없다.

서양 중세 교부철학자인 성 아우구스티누스는 자신의 〈고백록〉에서 이렇게 말했다. "시간이란 도대체 무엇입니까? 만일 아무도 나에게 묻지 않는다면 나는 알고 있습니다. 그러나 묻는 자에게 내가 시간을 설명하려고 하면 나는 모릅니다." 철학자들조차 시간을 이해하기 어렵다.

시간에는 순서가 있어 일들은 서로 이전과 이후 또는 동시 관계를 맺는다. 시간은 일정한 흐름으로 과거가 쌓여 현재가 되고, 현재가 변하여 미래로 흘러간다. 시간을 대체할 수 있는 것은 없다. 시간을 소홀히 여긴 자는 시간을 훔친 죄의 형벌을 받는다.

도연명은 시간의 중요성을 이렇게 말한다. "한창때는 다시 오지 않고, 하루가 지나면 그 새벽은 다시 오지 않는다. 때가 되면 마땅히 공부에 매진해야 하며 세월은 사람을 기다려주지 않는다." 오늘은 두 번 다시 오지 않는다. 시간을 돈 이상으로 여기고 하루하루를 마지막 날인 듯 지냈으면 한다.

승자는 시간을 관리하지만, 패자는 시간에 끌려다닌다. 아리스토텔레스는 "생명은 최초의 심장박동으로 시작되며, 마지막 박동으로 끝난다"라고 했다. 생명도 시간 안의 자식이다.

나폴레옹은 "우리가 어느 날 마주칠 불행은 우리가 소홀히 보낸 지난 시간에 대한 보복이다"라는 무시무시한 말을 했다. 인생의 차이는 시간 관리에 달려있다. 시간은 부족하고 쓸 수 있는 가장 귀한 자원이다. 시간을 적절하게 관리하지 못하면 아무것도 이룰 수 없다.

64

실패와 역경을 극복할 준비가 되셨나요?

글쓰기를 좋아했던 여인은 항상 뭔가를 끄적이며 공상하는 습관 때문에 직장에서 쫓겨났다. 결혼했지만 폭력만 일삼는 남편과 이혼하고 고국인 영국으로 돌아와 정부 보조금으로 겨우 연명한다. '죽으면 이 고통에서 벗어나겠지'라는 생각이 들 정도로 우울증에 시달렸다. 그녀를 진찰하던 정신과 의사가 한마디 조언을 던졌다. "하고 싶은 일을 하세요." 그녀는 용기를 내어 글쓰기를 시작했다. 글이 잘 써지지 않을 때는 공동묘지에 가서 영감을 얻기도 했다. 마법 같은 기적이 다가왔다. 그녀의 작품이 3억 권 이상 팔리면서 세계 최고의 베스트셀러가 된 것이다. 이 인생 역전 스토리의 주인공이 바로 '해리포터 시리즈'의 작가 조앤 K. 롤링이다.

실패도 성공을 위한 훌륭한 밑거름이라는 깨우침을 준다. 시련과 실패는 영원한 것이 아니며 이것을 이겨낸 사람만이 승리의 월계관을 쓴다. 우리나라의 속담에도 '죽을 모퉁이가 살 모퉁이'라는 말이 있다. 자동차의 왕 헨리 포드는 이런 말을 했다.

"미래를 두려워하고 실패를 두려워하는 사람은 자기 스스로 손발을 묶어놓은 것과 똑같다. 실패를 두려워하지 말라. 실패란 이전보다 훨씬 풍부한 지식으로 다시 일을 시작하게 만드는 기회의 또 다른 이름일 뿐이다."

1991년, 일본의 최대 사과 산지로 유명한 아오모리현(青森縣)에 강한 태풍으로 인해 과수가 대부분 떨어졌다. 한 해 농사를 망치게 된 농부들은 한숨만 토했다. 그때 한 청년이 아이디어를 냈다. "아직 떨어지지 않은 사과 10%가 남아있습니다. 이 사과를 동경의 수험생들에게 내다 팝시다. 어떤 태풍에도 떨어지지 않은 '합격 사과' 이름을 붙입시다." 이 사과는 불티나게 팔렸다.

19세기 최고의 바이올리니스트인 니콜로 파가니니가 연주

도중에 현 하나가 끊어졌다. 다시 연주를 시작하려 할 때 또 한 줄의 현이 끊어져 나가고 말았다. 연주장은 온통 비웃음으로 가득 찼다. 그래도 파가니니는 침착하게 끊어진 바이올린으로 연주를 마쳤다. 관객들은 포기하지 않았던 파가니니의 모습에 고개를 숙일 수밖에 없었다. 낡고 보잘것없는 바이올린도 누가 연주를 하느냐에 따라 가치가 달라진다.

인생은 늘 시련의 연속이다. 중요한 것은 그것을 어떻게 받아들일 것인가이다. 지혜로운 사람은 주어진 시련을 도약의 발판으로 삼지만, 어리석은 사람은 실패의 구실로 삼는다.

탈무드에서는 "가난한 가정의 아이들 말에 귀를 기울여라, 지혜가 그들에게서 나올 것이다"라고 부족함을 최고의 선물로 삼았다. '부족함 때문에 실패했다'라는 표현을 쓸지 '부족함 때문에 성공했다'라는 표현을 쓸지는 스스로의 선택이다.

'학해무애 고작주(學海無涯苦作舟).' 배움의 바다는 끝이 없으니 부족함을 견디고 튼튼한 배를 만들라는 뜻이다. '사우안락(死于安樂)' 안락한 환경에 처하면 무기력해져서 죽음에 이른다는 의미이다. 모든 고통은 개별적이고 주관적으로 등급 따위는 없다.

65

인생의 분기점

메이저리그 시애틀의 스즈키 이치로는 천재 타자였다. 한 시즌 최다 안타 기록과 메이저리그 역사상 최초로 3,000안타-500도루-골드 글러브 10회 수상을 달성했다. 노력 천재로 알려진 이치로는 24년 동안 어릴 적부터 행했던 특정 방식의 훈련과 습관을 되풀이한다. 아담한 체구, 담담한 얼굴로 방망이를 휘두를 때마다 한 발을 번쩍 드는 독특한 시계추 타법을 고수한다. 인생이라는 게임의 심판은 오직 자신뿐이라 생각하고 다른 사람의 시선에 신경 쓰지 않는다. 자신의 최고의 모습에만 집중한다. 이치로가 대활약을 펼친 날, 기자가 "오늘 경기에 대해 어떻게 생각하는가?"라고 물었다. 이치로는 "나는 지나간 경기는 생각하지 않습니다. 경기가 끝나면 내일의 경기 생각하기에도 바쁘니까요"라고 답변했다.

그는 하루도 빠지지 않고 웨이트 트레이닝과 부상 방지를 위한 스트레칭을 했다. 1년 중 반 이상을 원정경기로 소화해야 하는 극한 상황에서도 약물은 일체 거절했다. 강한 자제심과 인내심으로 원정경기 때에도 가능한 한 집과 비슷한 환경을 만들고 충분히 연습했다. 또한 매일 아침 같은 식사를 했다. 그는 말했다. “노력하지 않고 무언가를 잘 해낼 수 있는 사람이 천재라고 한다면, 저는 절대 천재가 아닙니다. 하지만 피나는 노력 끝에 뭔가를 이루는 사람이 천재라고 한다면, 저는 천재가 맞습니다.”

미국의 심리학자 J. S. 브루너가 한 실험을 했다. 다른 사람을 이긴다는 목표를 세운 선수와 자신의 기록을 깬다는 목표를 세운 선수의 기록을 비교했다. 그 결과, 자신의 기록을 목표로 한 선수들이 더 좋은 성적을 올렸다. 타인과의 비교가 아닌 자신과의 싸움이 더 강한 심리적 동기를 유발한다.

중국 속담에 ‘일만의 적을 두려워하는 것보다, 만일의 상황을 걱정하라’라는 말이 있다. 습관적으로 “오늘도 바쁘다 바빠”라고 말하는 사람은 열심히 일하는 것 같지만, 사실 시간 관리에 실패한 사람이다. 서서히 자기 자신을 잃어가기 때문이다. 집중과 이완이 한 쌍인 것과 같이 오프타임도 매우 중요하다. 링컨은 “나는 천천히 가지만 뒤로는 가지 않는 사람이다”라고 토로했다.

E. H. 카는 “역사란 역사가와 사실 사이의 부단한 상호작용의 과정이며, 현재와 과거 사이의 끊임없는 대화다”라고 했다.

즉 과거의 의미는 현재의 생각에 따라 달라진다. 과거의 후회를 현재로 가져와서는 안 된다. 인생에 역경은 찾아온다. 그것이 인생의 분기점이 될 수 있다. 역경을 불운 탓으로 돌리기보단 기회로 포착해야 한다. 좋은 운을 외부에 기대하지 말고 스스로의 힘으로 끌어당겨야 한다. 그것이야말로 인생의 참다운 묘미이며 성공을 붙잡는 큰 열쇠가 된다. 성공하는 자와 그렇지 못한 자의 차이점은 재능이 아니라 인내력이다.

66

1,000억 원짜리 강의

성공한 사람은 명예, 지위, 돈, 어느 것 하나는 갖춰야 한다. 강의를 듣기 위해 모인 청중들 앞에 명강사는 등장하자마자 칠판에 무언가를 크게 적었다. '1,000억.'

"외람된 말씀이지만, 저는 1,000억 원의 재산가입니다. 제가 부럽습니까?"

모두가 "예~" 하며 여기저기서 대답했다.

"여러분도 1,000억 자산가이십니다. 1,000억의 첫 번째 0은 명예, 두 번째는 지위, 세 번째 0은 부입니다. 그리고 맨 앞의 1은 바로 내 건강과 가족입니다. 여러분! 만일 1이 없다면, 1,000억이란 숫자가 바로 0이 되어버리고, 아무 소용이 없는 숫자가 됩니다. 그렇습니다. 인생에서 명예, 지위, 돈도 중요하지만 아무리 명예가 훌륭하고 지위가 높고 돈을 많이 가지고 있다고 하더라도 내가 건강하지 못하고 또 가족이 없다면, 내가 가진 모든 건 가치가 없을 것이고 바로 실패한 인생이 되어버린다는 말씀입니다."

잠시 술렁이던 장내는 쥐 죽은 듯 조용해졌다.

"제가 잘 알고 지내던 훌륭한 세 분의 의사를 소개하겠습니다. 첫 번째 의사는 Food(음식)입니다. 두 번째 의사는 Sleeping(수면)입니다. 세 번째 의사는 Exercise(운동)입니다. 음식은 위(胃)의 4분의 3(75%)만 채우세요. 잠은 일찍 자고 일찍 일어나세요. 형편에 따라 다를 수도 있겠지만 수면 8시간은 필수 요건입니다. 운동은 꾸준히, 열심히 걷다 보면 웬만한 병은 다 나을 수 있습니다. 그 밖에 건강과 더불어 마음과 생각과 영혼의 건강을 위해 꼭 필요한 지혜의 약은 '웃음(Laughter)' '사랑(Love)' '감사(Thanks)'입니다. 영혼과 마음, 생각과 육체가 골고루 건강한 사람이 되어야 진정한 건강미를 갖추었다고 말할 수 있습니다."

탈무드에서는 “이 세상에서 제일 지혜로운 사람은 어떤 경우에도 배움의 자세를 갖는 사람이다. 이 세상에서 제일 강한 사람은 자신과의 싸움에서 이기는 사람이다. 이 세상에서 제일 행복한 사람은 지금의 모습 그대로를 감사하면서 사는 사람이다”라고 말하고 있다.

67

선한 영향력

‘얼굴은 인간이지만 마음은 천사’로 부자이면서도 자신의 전 재산을 기부한 사람이 있다. 그는 찰스 프란시스 척 피니이다.

척 피니는 1931년 미국 뉴저지의 허름한 집에서 태어났다. 그는 가난한 집안 살림을 돕기 위해 10살 때부터 크리스마스 카드를 판매했고 대학생 때는 샌드위치 장사를 했다. 그는 한국전쟁 참전 용사이기도 하다. 코넬대학에서 호텔경영학을 공부한 후 1960년 대학 동창인 로버트 워런 밀러와 면세점 그룹 ‘DFS’(Duty Free Shoppers)를 설립하여 ‘공항 면세 쇼핑’의 개념을 처음으로 개척했다. 40대에 억만장자가 되었지만 서로 돕는 공동체 의식으로 수년 동안 사회의 어려운 곳에 은밀히 재산을 기부해왔다. 그의 생애 동안 80억 달러 이상을 기부하였다. 하지만 정작 자신은 싸구려 시계를 차고, 부인과 임대아파트에 살면서 자동차와 집을 소유하지 않은 검약으로 유명하다. 구제할 때에 오른손이 하는 일을 왼손이 모르게 하여 이름이나 칭찬도 바라지 않았다. “두 발에는 한 켤레 신발밖에 신을 수 없다. 수의에는 주머니가 없다. 천국에서는 돈이 필요 없다”라는 게 그의 좌우명이다.

본회퍼는 독일 프로이센에서 신경정신과 의사인 아버지와 독실한 기독교도인 어머니 사이에서 태어났다. 베를린 대학에서 신학 공부를 하고, 미국 유학 후 베를린으로 돌아와 목사가 되었다. 신은 전지전능하지 않고 나약하며 그 나약함으로 인간을 구제하기 위해 강림했다는 사상을 가졌다. 그는 나치 정권하에서 히틀러의 앞잡이 노릇을 하던 국가교회를 탈퇴하고, 지하 고백 교회의 목회자가 되었다.

1935년 포교 활동을 하였다는 죄목으로 교수자격이 박탈되었다. 1944년 히틀러 암살 시도한 죄목으로 처형되었다. 그는 옥중에서 순교자로서 고백한 시를 썼다.

“그 선한 힘에 고요히 감싸여, 그 놀라운 평화를 누리며, 나

그대들과 함께 걸어가네. (중략) 믿음으로 일어날 일 기대하네. 주 언제나 우리와 함께 계셔 하루 또 하루가 늘 새로워."

또한 그는 값싼 은혜를 경계했다.

종교개혁자 마르틴 루터는 말한다.

"선한 사람은 있는 것을 생각하고 감사하고, 악인은 없는 것을 생각하고 불평한다."

68

너무 다른 두 여배우의 일생

1960년대 미국에서 쌍벽을 이루던 할리우드의 두 여배우가 있었다. 마릴린 먼로와 에반스 콜린이다. 이들은 미모는 물론 관능미에서도 쌍벽을 이루는 할리우드의 육체파 여배우였다. 두 여배우는 박수와 인기를 한 몸에 받고 돈방석에 앉아 부귀영화를 누리며 살았다.

마릴린 먼로는 섹스의 심벌로 불렸다. 그녀는 존 F. 케네디 대통령으로부터 생일 파티에 초대받아 대통령 앞에서 요염한 모습으로 〈Happy Birthday to You〉를 불렀다. 그날의 마릴린 먼로의 모습을 본 케네디 대통령이 "이제 내가 대통령직을 그만둬도 여한이 없다"라고 했을 정도였다.

그녀는 수많은 남자와 스캔들을 뿌렸다. 하지만 내면에서 밀려오는 허무와 갈증, 공허함과 고독을 이기지 못하고 36세의 나이로 수면제를 먹고 자살했다.

에반스 콜린도 인기와 명예를 누렸지만 몬로의 삶과 전혀 달랐다. 어느 날 갑자기 배우직을 청산하고 화려한 할리우드 은막을 떠났다. 은퇴 기자회견에서 이런 말을 했다.

"여러분! 저는 지금 깊은 사랑에 빠졌습니다. 저는 그 깊은 사랑에서 헤어날 줄 모르고 있습니다. 그래서 이제 할리우드를 떠나게 되었습니다."

그녀가 사랑하는 남자가 도대체 누구냐로 화제가 되었다.

"내가 그를 선택한 것이 아니라 그분이 나를 선택하셨습니다. 그분은 바로 예수 그리스도, 나를 위해 십자가에서 돌아가신 분이십니다. 그분에게 내가 지고 있는 빚을 갚기 위해 선교사가 되기로 작정했습니다."

이후 에반스 콜린은 신학대학교를 졸업하고 선교사 남편과 함께 아프리카로 갔다. 그녀는 7년간 우간다 험지 선교지에서 선교 활동을 끝내고 안식년 차 잠시 미국으로 돌아왔다.

빌리 그레이엄 목사가 물었다.

"에반스 콜린! 할리우드의 영광과 명예, 인기를 포기하고 험지인 우간다 선교사로 떠난 것이 후회되지는 않았습니까? 정말 행복합니까?"

에반스 콜린은 환한 미소를 지으며 이렇게 대답했다.

"후회라니요, 목사님! 무슨 후회입니까? 내가 선택한 선교사의 자리는 나에게 과분하고 영국 여왕의 자리와도 절대 바꿀 수 없습니다."

비록 어떤 운명이 닥칠지 모르지만, 제각기 그 운명을 스스로 만들 필요가 있다. 즉 운명이란 하늘이나 신이 지배하는 것이 아니고, 각자 자기 손으로 자신의 운명을 만드는 것이다. 나는 내 운명의 주인이요, 나는 내 마음의 선장이다.

행복한 사람들은 어떻게 봉사할지 찾고 발견한 사람들이다. 남을 행복하게 하는 것은 향수를 뿌리는 것과 같다. 뿌릴 때 자기에게도 향수 냄새가 묻기 마련이다. 사랑은 그 자체로 머물지 않고 행동으로 이어지며, 그 행동이 바로 봉사다.

69

가치의 척도

우리나라는 한국전쟁이 끝난 1953년, 1인당 국민소득 66달러의 최빈국으로 물감도 구하기 어려운 시절이었다. 한 무명 화가가 알고 지내던 미군 병사에게 일본에 갈 때마다 물감과 캔버스를 사다 달라고 부탁했다. 화가의 사정을 딱하게 여긴 미군 병사는 일본에 휴가차 갈 때마다 캔버스와 물감을 자기 돈으로 사서 그에게 주었다. 그 화가는 미군 병사의 은혜에 보답하고자 그림 한 점을 그려 보답했다. 미군 병사는 '저 무명 화가의 그림이 뭐 그렇게 중요하겠어?'라는 마음으로 성의를 생각하여 본국에 돌아갈 때 가져가서 그냥 창고에 처박아 놓았다. 세월이 흘러 생활이 궁핍해진 그는 이전에 받았던 그림을 팔기 위해 한국 시장에 내놓았다. 이것이 박수근 화백의 〈빨래터〉로 그림은 무려 45억 2천만 원에 팔렸다.

당장은 별볼일없고 가치 없다고 생각했던 것이 나중에 어떻게 될지는 아무도 모른다. 역으로 지금은 가치 있다고 생각하던 것이 나중에도 가치 있는 것인지는 그때가 되어 봐야 알게 된다. 세월은 가치 없는 것과 가치 있는 것을 드러내는 시험대다. 지금 할 일이 생각나거든 지금 하자. 오늘은 맑지만, 내일은 구름이 낄지도 모른다.

소크라테스는 신을 부정하고 젊은이들을 타락으로 이끈다는 죄목으로 사형선고를 받았다. 사형 집행 전날 면회 온 친구 크리톤이 탈옥을 권유하자 "설령 판결이 부당하더라도 나는 부당한 행위는 하지 않겠네"라고 거절했다. 소크라테스는 죽음을 두려워하지 않았고 이렇게 생각했다. '육체는 일종의 감옥이고 영혼은 불변하다. 죽음이란 자유롭지 못한 감옥 같은 육체에서 영혼이 자유로워지는 것으로 괴로운 일이 아니다.'

70
단순한 기쁨

한 청년이 자살 직전에 신부님을 찾아와서 가정적 문제, 경제 파탄 등으로 자살할 수밖에 없는 이유를 설명했다. 신부님은 이 이야기를 다 듣고 나서 깊은 동정과 함께 이렇게 말했다.

"충분히 자살할 이유가 있군요. 그런데 죽기 전에 나를 좀 도와주시고 나서 죽으면 안 되겠습니까?"

청년은 말했다.

"네, 뭐 어차피 죽을 목숨인데, 죽기 전에 신부님을 돕도록 하지요."

그는 집 없는 사람, 불쌍한 사람들을 위해서 집을 짓고, 먹을 것을 주며, 아픈 사람들을 돌보는 일 등을 도왔다.

후에 그 청년은 이렇게 고백했다.

"신부님께서 저에게 돈을 주셨거나, 제가 살 수 있는 집을 그냥 주셨다면, 저는 다시 자살을 생각했을 겁니다. 돈은 며칠만 지나면 다 썼을 것이고, 집이 있더라도 어차피 이 세상에서 쓸모없는 인간이라고 생각했을 테니까요. 그런데 신부님은 저에게 아무것도 주지 않았습니다. 오히려 저에게 도움을 요청하셨습니다. 제가 신부님을 위해 할 수 있는 일이 있다니, 제가 누군가를 도와줄 수 있다니, 신부님과 같이 일하고 섬기면서 제가 살아야 할 이유를 찾았고, 이제 저는 어떤 게 행복인지를 알게 되었습니다."

프랑스 사람들이 존경하는 피에르 신부는 가톨릭 사제로 레지스탕스와 국회의원을 지냈고 빈민 구호 공동체인 '엠마우스 공동체'를 설립해 평생 빈민 운동에 힘쓴 분이다. 위의 내용은 그 신부님의 책 《단순한 기쁨》에 나오는 경험담이다.

우리 설화 중 무수옹(無愁翁, 근심 없는 노인) 이야기가 있다. 임금님과 사주팔자가 같은 사람으로, 어느 한 시골에 며느리 열 두 명을 가진 사람이 살고 있었다. 자녀들의 효성이 지극하여 매달 번갈아 아버지를 극진하게 모셨다. 이 소문을 들은 임금님은 "임금인 나도 걱정이 많은데" 하면서 정말 그러한지 만나보겠다고 궁궐로 노인을 불렀다.

"그대는 아무 걱정이 없단 말이오?"

"예. 몸이 건강하고 자식 모두 무탈하고, 먹고 입는 데 걱정이 없습니다."

임금님은 노인에게 구슬을 주며, "언제든지 가져오라고 하면 가져오라"고 하였다.

노인이 배를 타고 강을 건너려는데, 미리 임금의 밀명을 받은 사공이 노인의 구슬을 구경하다가 그만 물속에 빠뜨려 버렸다. 처음으로 노인은 드러눕게 되었다. 자녀가 시장에서 잉어를 사다 요리하려고 배를 갈랐더니 잉어의 배 속에서 구슬이 나왔다. 다시 임금의 부름을 받은 노인은 태연히 구슬을 바쳤고, 자초지종의 이야기를 듣고 나서 임금은 "하늘이 준 복을 인간이 어쩌지 못하겠구나"라고 감복했다.

걱정 근심이 없는 인생은 어디에도 없다. 걱정한다고 일이 해결되지 않는다. 걱정은 시간과 생각의 빈틈을 비집고 들어온다.

걱정하지 말라, 서두르지 말라. 당신은 이 세상의 여행객이다. 하늘을 보고 장미꽃 향기를 맡아라. 한날의 괴로움은 그날로 족하다.

71
섬기면서 감사하기

17세기, 프랑스 변두리의 문제가 많기로 소문이 난 수도원에 한 늙은 수도사가 문을 두드렸다. 수도사들은 백발이 성성한 노(老)수도사를 보고 "이런 늙은 수도사를 보내다니, 어서 식당에 가서 접시나 닦으시오"라고 했다.

처음 부임한 수도사는 머리를 숙이며 "예, 그렇게 하겠습니다"라고 대답하고 식당으로 갔다. 그리고 불평, 불만 없이 몇 달간 식당 일만 했다. 몇 달이 지나 수도원 감독자가 이 수도원을 방문하였다. 젊은 수도사들은 감독 앞에서 쩔쩔매고 있었고, 감독자가 물었다.

"원장님은 어디 가셨는가?"

"원장님은 아직 부임하지 않았습니다."

그러자 감독은 고개를 갸우뚱거리며 말했다.

"아니 무슨 소린가? 내가 로렌스 수도사를 이 수도원의 원장으로 파견한 지 벌써 3개월이나 되었는데?"

이 말을 들은 수도사들이 아연실색하여 식당으로 달려갔다. 식기를 닦고 있는 백발의 수도사는 유명한 브라더 로렌스였다.

이 사건 이후로 이 수도원은 가장 모범적인 수도원으로 바뀌었다. 어느 날 수도원에 국왕 루이 12세가 방문했다. 루이 12세는 브라더 로렌스에게 '행복의 비결'을 물었다. 그러자 그는 이렇게 대답했다.

"폐하! 행복의 비결은 섬기면서 감사하는 것입니다."

로렌스 수도사는 어떤 명령을 하거나 설교도 하지 않고 겸손하게 다른 사람을 섬겼다. 겸손은 정중함의 아름다운 표현이다. 위대한 사람은 말은 겸손하고 행동이 남보다 빠르다. 겸손을 배우려 하지 않는 사람은 성숙해질 수 없다. 강물이 모든 골짜기의 물을 포용하듯 겸손은 세상의 모든 허물과 칭찬을 받아들여 아래로 흘려보낸다. 길을 가다가 돌이 나타나면 약자는 그것을 걸림돌이라고 말하고, 겸손한 자는 디딤돌이라 말한다. 지혜로운 사람은 행동으로 말을 증명하고, 어리석은 사람은 말로 행위를 변명한다. 지혜롭고 겸손한 사람은 마음에서 우러나오는 것이지 외적인 환경에서 오지 않는다.

72

행복 연습

영국 케임브리지 대학 3학년 학기말고사 신학 시험에 '예수께서 물을 포도주로 만드신 기적이 상징하는 종교적, 영적 의미를 서술하라'는 문제가 출제되었다.

많은 학생이 좋은 점수를 받기 위해 열심히 무언가를 적고 있는데 한 학생만은 혼자서 우두커니 앉아 밖을 쳐다보고 있었다. 시험 시간이 거의 끝나 가고 있을 때 학생은 연필을 들어 답안지에 한 줄의 문장을 썼다.

"물이 그 주인을 만나자 얼굴이 붉어졌다(Water saw its Creator and blushed)." 점수는 당연히 A+. 이 학생이 바로 훗날 영국 낭만파 대표 시인 바이런 남작이다.

한 임금이 가장 적절한 시기는 언제이며, 어떤 사람이 가장 필요한 사람인지를 물었다. 그리고 올바른 답을 주는 신하에게는 후사하겠다고 했다. 많은 학자와 신하들은 여러 가지 해답을 제시했다. 제일 적절한 때는 점을 쳐봐야 알 수 있고, 제일 필요한 인물은 승려와 군인, 의사 등이라고 했다. 제일 중요한 일은 학문, 예술, 정치 등 중론이 구구했다. 마음에 드는 대답을 얻지 못한 임금은 성인으로 알려진 시골의 은자를 찾아갔다.

늙은 은자는 혼자 밭을 갈고 있었고 임금의 질문에 아무 대답도 없이 밭만 갈고 있었다. 임금도 할 수 없이 은자를 따라 밭을 가는데, 얼마 후 밭 옆 숲속에서 어떤 사람이 피투성이가 되어 뛰쳐나왔다. 그는 상처를 입고 누군가에게 쫓기는 눈치였다. 이를 안타깝게 여긴 임금은 자기 옷을 찢어 상처를 싸매주고 정성껏 간호했다. 그 부상자는 임금의 옛날 원수로, 임금을 죽이려고 왔다가 임금의 부하들에게 붙들려 부상을 당하고 간신히 도망가는 길이었다. 그는 임금의 은혜에 감격하여 앞으로 좋은 신하가 되겠다고 맹세하고 용서를 구했다. 임금은 다시 은자에게 답을 요구했다. 이때 은자는 미소 짓는 얼굴로 대답을 이미 알고 있다고 하며, 다음과 같이 말했다.

"이 세상에서 제일 중요한 때는 '지금'밖에 없습니다. 내가 지배하고 사용할 수 있는 시간은 지금뿐이기 때문입니다. 또 제일 중요한 사람은 지금 여기서 내가 접하고 있는 사람입니다. 그리고 제일 중요한 일은 지금 원수의 상처를 싸매는 일로, 사람에게 정성으로 선을 베푸는 일입니다."

때론 고난도 행복으로 향하는 빠른 지름길이다. 행복은 결과가 아닌 과정이다. 행복은 미래가 아닌 이 순간으로 비교가 아닌 만족감의 지혜다.

73

슬기로운 은퇴

힌두교 고대 법전인 《마누법전(Manu Smriti)》은 인생을 4주기로 나눈다.

① 태어나서 25세까지: 스승 밑에서 베다 성전을 학습하는 학생기 ② 26세에서 50세까지: 집에서 자녀를 낳고 가정 내의 제식을 주재하는 가주기 ③ 51세부터 75세까지: 어디에서 와서 어디로 가는 것인지에 대한 홀로의 사색 기간으로 숲에 은둔하면서 수행하는 임서기(林棲期) ④ 76세부터: 홀로 숲으로 들어가 멧비둘기같이 성글게 집을 짓는 홀로의 시간이다. 도포와 지팡이 하나가 모두인 방랑기의 재산이다. 즉 일정한 거주지가 없이 걸식하면서 돌아다니는 유행기(遊行期)다.

고대 인도에서는 다르마(종교적 의무), 아르타(재산), 카마(성애)를 인생의 3대 목적으로 이 세 가지를 만족시키면서 가정을 영위하고 자손을 남기는 것을 하나의 이상으로 삼았다.

인간은 행복을 추구하는 동물로 청춘과 멀어져도 행복의 가치는 유지되어야만 한다. 은퇴 후 삶의 가치를 재정립할 필요가 있다. 은퇴란 멋진 사건이다. 인생에 완전한 자유를 갖게 되는 순간이다.

은퇴(隱退)는 직임에서 물러나거나 사회활동에서 손을 떼고 한가히 지냄을 의미한다. 또한 자녀들을 출가시키고 모처럼 부담 없이 자신이 꿈꾸던 것을 계발하고 여가 및 취미생활을 즐기며 새로운 도전에 나설 적기이기도 하다.

은퇴의 영어 Retire는 타이어를 다시 갈아 끼운다는 의미다. 신체는 누구나 다 늙게 돼 있지만, 정신을 어떻게 키우느냐에 따라 늙지 않을 수 있다.

대부분 동화의 마지막 장면은 "오래오래 행복하게 살았다"로 끝난다. 행복하게 살기는 인류 지상 최대의 과제라고 봐도 무방하다.

74

하루를 살아도 행복할 수 있다면

미국 프로야구의 전설 베이브 루스는 사용했던 야구 글러브가 153만 달러(약 20억 2,000만 원)에 팔릴 정도로 유명하다. 볼티모어의 빈민가에서 태어난 그는 술집을 하는 아버지와 병으로 아픈 어머니 사이에서 교육을 제대로 받지 못해 아무도 감당 못할 정도의 난폭한 소년이었다. 그런 루스의 인생을 바꾼 사람은 마티어스 선생님이다. 반항으로 일관하는 루스를 향해 말했다.

"너는 참으로 어쩔 수 없는 아이구나. 단 한 가지 좋은 것만 제외하고는."

"선생님, 거짓말하지 마세요. 저에게 무슨 좋은 점이 있겠어요."

"네가 없으면 야구팀이 존립할 수 없어. 그러니 열심히 해봐."

어디를 가도 환영을 못 받던 루스는 선생님의 말 한마디로 야구에 전념하고, 누군가를 기쁘게 해주기 위해 야구 연습을 했다. 그 결과 그는 은퇴할 때까지 714개의 홈런을 기록하는 대선수가 되었다. 한 사람을 바꾸는 힘은 백 마디의 꾸중이 아닌 한 마디의 칭찬에서 나온다.

인생은 거대한 무대 위의 길이다. 길은 애초부터 만들어진 것이 아니라, 걷다 보면 생긴다. 삶은 자신이 어떤 길을 선택하느냐에 따라 결정된다. 삶이란 길을 찾아가는 숙명이자 진리를 향한 수행이다. 세상 살아가는 일, 생(生)은 길 위(一)에 소(牛)가 지나가는 모습이다. 큰 덩치의 소가 외길을 걷는다고 생각하면 얼마나 위태하고 불안한 여정인지 짐작이 간다. 인생은 시한부이면서 홀로 살 수밖에 없는 태생적 한계이지만 태어날 때 혼자 울지만, 주변 사람들은 기뻐한다. 죽을 때에는 이와 반대로 망자는 웃고, 주변 사람은 운다. 따라서 성공해야 행복한 것이 아니라, 행복하게 사는 것이 성공이다. 대문호 헤르만 헤세의 《데미안》에서는 "인간은 자연이 던진 돌이다"라고 한다. 자연에서 나서, 자연으로 돌아간다는 회귀를 의미한다.

버클리 대학교의 라벤나 헬슨 교수는 1959년 밀스 대학교를 졸업한 여성 110명을 대상으로 이들의 삶을 50년간 추적 관찰했다. 그 결과 놀라운 사실을 발견한다.

졸업사진에서 더 따뜻하고 또렷한 미소를 보인 사람이 그렇지 않은 사람보다 30년 동안 더 행복하고 안정적인 심리상태를 유지했다. 미소는 집중력과 목표지향적인 삶으로 이끌고 스트레스를 줄여서 건강에 효과가 있다는 것을 입증했다. 부유함은 인생 만족도는 높여줄 수 있지만, 행복 경험을 개선해주진 못한다. 행복은 누가 가져다주는 것이 아니라, 스스로가 찾고 만족하는 과정이다. 정신분석학에서 말하는 마음속으로 이렇게 되었으면 하는 이상적인 존재나 사물의 내재율인 '이마고 현상'을 깨닫는다. 오늘이 인생의 마지막이라면 어떻게 살 것인가? 하루를 살아도 마지막 날처럼 살자.

75

이튼 칼리지가 주는 교훈

(이튼 스쿨의 노블레스 오블리주)

1440년에 세워진 영국 최고의 명문 고등학교 이튼 칼리지는 지금까지 총 20명의 영국 총리를 배출했다. 학생 전원이 기숙사에서 생활하는 남학교로 상류층 자제들이 입학하지만, 자신만을 위하는 엘리트를 교육하지 않는다. 가장 중요한 과목은 체육이며, 하루에 한 번 함께 축구를 한다. 공부보다 체육을 통해 페어플레이 정신을 기르기 위해서다. 상류층의 '노블레스 오블리주'를 확실히 지킨다.

전쟁이 일어나면 동문 자제를 먼저 전쟁터에 보냈다. 실제로 1, 2차 세계대전에서 무려 2,000명이나 죽었다. 사회나 나라가 어려울 때 제일 먼저 달려가 선두에 설 줄 아는 사람을 기른다. 워털루 전투를 승리로 이끈 웰링턴 장군, 윈스턴 처칠의 아버지 랜돌프 처칠, 대문호 조지오웰, 故 다이애나 황태자비의 아들 윌리엄 왕자도 이튼 스쿨 졸업생이었다.

공부를 먼저 강조하지 않지만, 졸업생의 1/3은 옥스퍼드나 케임브리지에 진학한다. 구태여 공부를 강조하지 않아도 자긍심과 국가관, 사명감이 학생들에게 엄청난 학습 유발 효과를 가져다주기 때문이다. 이 학교는 교훈이 전통으로 내려오고 있다.

① 남의 약점을 이용하지 마라. ② 비굴한 사람이 되지 마라. ③ 약자를 깔보지 마라. ④ 항상 상대방을 배려하라. ⑤ 잘난 체 하지 마라. ⑥ 공적인 일에는 용기 있게 나서라.

이튼 칼리지 학생들이 항상 마음에 새기고 있는 글이 있다. '약자를 위해' '시민을 위해' '나라를 위하는.'

한동대학교 교훈 중 '배워서 남 주라'는 말이 있다. 미국 명문교인 필립스 아카데미의 교훈은 "Not for self(남 위해 살자)"이다.

경상남도 거창고등학교의 '직업 선택의 십계명'은 역설적인 가이드이다.

① 월급이 적은 쪽을 택하라. ② 내가 원하는 곳이 아니라 나를 필요로 하는 곳을 택하라. ③ 승진의 기회가 거의 없는 곳을 택하라. ④ 모든 조건이 다 갖추어진 곳을 피하고 처음부터 시작해야 하는 황무지를 택하라. ⑤ 앞을 다투어 모여드는 곳은 절대 가지 마라. ⑥ 장래성이 전혀 없다고 생각되는 곳으로 가라. ⑦ 사회적 존경 같은 것을 바라볼 수 없는 곳으로 가라. ⑧ 한가운데가 아니라 가장자리로 가라. ⑨ 부모나 아내나 약혼자가 결사반대하는 곳이면 틀림없다. 의심치 말고 가라. ⑩ 왕관이 아니라 단두대가 기다리고 있는 곳으로 가라.

76
나이는 숫자에 불과하다

미국 제35대 대통령 존 F. 케네디가 1960년 대선에 나섰을 때 그의 나이는 43세였다. 젊은 나이가 약점으로 여겨지자, 케네디는 43세 이하의 나이로 국가 지도자가 된 유명 정치가로 시어도어 루스벨트, 나폴레옹 보나파르트, 알렉산더 대왕 등을 거론했다. 이어 그는 만약 43세를 기준으로 자른다면 조지 워싱턴은 없었고, 콜럼버스는 미국을 발견하지 못했으며, 토머스 제퍼슨은 독립선언서를 기초하지 못했을 것이라고 주장했다.

1984년 미국 대통령 선거에 공화당 후보 로널드 레이건이 출마했을 때 참모들의 가장 큰 걱정 중의 하나는 레이건이 너무 고령(출마 당시 73세)이라는 점이었다. 경쟁자인 민주당 후보 월터 먼데일보다 17살이나 많았다. 레이건은 제2차 텔레비전 토론에서 자신의 나이에 대한 일반의 우려를 잠재웠다.

"나는 이번 선거에서 나이를 쟁점으로 만들고 싶지는 않다. 나는 내 경쟁자의 젊음과 무경험을 내 정치적 목적에 이용하진 않을 것이다."

조 바이든도 미국 역사상 최고령 대통령으로 취임했다. 나이를 두고 설왕설래가 있지만, 적절한 나이는 주관적일 수밖에 없다.

영국 인류학자 로빈 던바는 다음과 같이 지적하고 있다.

"우리같이 평범한 사람들에게 전성기 때 리처드 기어가 발하던 터프한 매력이나 위노라 라이더의 투명한 눈빛과 요염함을 가진다는 것은 감히 꿈도 꾸지 못할 일이다. 더 나쁜 소식은 평생 아주 짧은 순간만 '적절한' 나이로 살 수 있다는 것이다."

〈플레이보이〉 창립자인 휴 헤프너도 이런 말을 했다.

"내게 아주 놀라운 사실은 나이는 그저 숫자에 불과하다는 것입니다. 나이는 의미 없는 숫자놀음일 뿐으로 암이나 교통사고, 그밖에 다른 이유로 40세에 세상을 떠날 운명인 사람이 있다고 칩시다. 그 사람이 지금 몇 살이라고 할까요? 38세? 그 사람은 이 운명을 알든 모르든 삶의 황혼기에 와 있습니다. 그럼 100세에 죽을 운명인 사람은 언제가 인생의 황혼기일까요? 78세일까요?"

나이가 들었다고 모두 어른이 되는 것은 아니다. 진정한 어른이란 시간과 경험을 숙성하여 사회에 좋은 울림을 남기는 사람이다. 세월이 지혜를 보장하지 않는다.

소크라테스는 "나는 나이가 많은 사람과 대화하길 즐긴다. 그들은 우리도 반드시 거치게 될 길을 우리보다 앞서간 사람들이며, 그들에게서 그 길이 어떤지에 대해 배울 수 있기 때문이다"라고 말했다. 늦었다고 생각될 때가 가장 빠른 때다. 꿈이 있던 곳에 후회가 자리 잡을 때 비로소 늙는다. 잔잔한 바다에서는 훌륭한 뱃사공이 만들어지지 않는다.

77

행복해야 할 권리

불멸의 음악가 베토벤 음악의 특징은 강렬하고 역동적이면서 감정적인 멜로디에 있다. 힘찬 리듬과 감동의 명곡들은 고통의 산물이었다. 베토벤의 아버지는 술주정뱅이로 베토벤을 학대했다. 이에 베토벤은 사람을 불신하며 외롭게 자랐다. 특히 나이 서른에 음악가의 생명인 귀에 이상이 생겨 만년에는 청력을 잃었다. 그러나 베토벤은 고백했다. “나는 괴로움을 뚫고 항상 기쁨을 발견했다. 그래서 행복했다.”

세상은 돈만 있으면 홀로 생존할 수 있다. 그러나 행복은 정신적 만족감으로 돈만 있다고 행복할 수 없다. 행복과 감사는 일란성 쌍둥이다. 잘살면서도 불평을 선택하면 행복할 수 없고 못 살아도 감사를 선택하면 행복할 수 있다. 행복은 감사 속에 있고 감사의 꽃에 행복의 열매가 열린다. 물질을 행복의 조건으로 생각하면 불행할 수밖에 없다. 우리는 행복하기 위해 태어났다. 삶의 목적이 행복이다. 그러나 실제로 행복을 만끽하면서 사는 사람이 드문 이유는 무엇인가? 과거를 후회하고 미래를 걱정하며 보낸다. 또한, 행복을 제대로 이해하지 못하고, 알아도 실천하지 못한 것의 보복이다.

옛말에 "한 자의 길이도 짧을 때가 있고, 한 치의 길이도 짧을 때가 있다"라는 말이 있다. 결점 없이 완벽한 사람은 없다는 말이다. 자기 자신을 신뢰하고 사랑해야 한다. 도스토옙스키는 "아름다움이 세상을 구원한다"라고 말했다. 원인이 없는 결과가 없듯 행복과 불행은 자신이 만든다. 행복한 권리를 찾고 싶은가? 항상 기뻐하라. 범사에 감사하라. 모든 이에게 친절하라.

명성과 미모, 돈과 명예를 모두 거머쥔 것 같은 마릴린 먼로는 약물 과다로 서른여섯 나이에 사망했다. 그녀는 한참 잘나가던 때 이런 이야기를 했다.

"나는 한 여성이 지닐 수 있는 젊음과 돈, 인기, 아름다움 모든 것을 가졌다. 나는 사랑에 굶주리지 않는다. 하루에도 수백 통의 팬레터를 받고 있다. 나는 건강하고 부족한 것이 아무것도 없으며, 미래에도 이렇게 살 수 있다. 그런데 웬일일까? 나는 이렇게도 공허하고 이렇게도 불행하다. 이유 없는 반항이라는 말도 있지만 나는 이유 없이 불행하다."

다른 할리우드 스타들도 명성, 아름다움, 백만장자가 되었을 때 심한 우울증으로 치료를 받는다고 한다. 그들은 백만장자가 되었지만, 영혼과 정서적 세계에 충분한 주의를 기울이지 못했기 때문이다.

인생은 어떤 모습으로 살고 있느냐보다 어떤 마음으로 사느냐가 중요하다. 마음의 짐이 무거우면 인생길이 힘들다. 살아가면서 자꾸 짐을 만들어가고 있지 않은지 되돌아보자.

인류의 보물, 대문호 도스토옙스키의 명언에서 해답의 힌트를 찾자.

"인간이 불행한 것은 자기가 행복하다는 것을 모르기 때문이다. 이유는 단지 그것뿐이다. 그것을 깨달은 사람은 곧 행복해진다. 그것도 한순간에."

78
진심이 묻어나는 위대한 손

화가 알브레히트 뒤러는 독일 미술의 아버지로 평가받는다. 그의 대표적인 작품인 〈기도하는 손〉은 친구와의 우정을 묘사한 이야기로 유명하다. 같이 하숙하며 가난 속에서 그림을 그리는 뒤러와 그의 친구 한스 나이스타인은 입학금을 내기 위해 일과 그림을 병행하여야 했다. 한스는 제안한다.

"네가 먼저 그림을 공부하고 그 후 남은 사람이 미술 공부하기로 하자."

뒤러가 먼저 그림을 배우고 한스는 고향으로 돌아가 묵묵히 뒤러에게 지원금을 보내주었다. 뒤러는 뛰어난 기교로 유명해졌고, 친구 한스를 찾아가서 그림을 함께 그리자고 했다. 그러나 친구는 채석장에서의 고된 노동으로 손은 만신창이가 되었고, 더는 그림을 그릴 수 없게 되었다. 그를 본 뒤러는 눈물을 흘리고 감명받아 친구의 손을 그렸는데 그 작품이 이 〈기도하는 손〉이다.

뒤러는 "기도하는 손이 가장 깨끗한 손이요, 가장 위대한 손이다. 기도하는 자리가 가장 큰 자리요, 가장 높은 자리다"라고 친구에 대한 사랑과 고마운 마음을 담아 그렸다.

독일의 작곡가, 초기 낭만파 시대의 음악가 멘델스존의 할아버지 모세 멘델스존은 체구도 작고 기이한 모습의 꼽추였다. 어느 날 모세 멘델스존은 한 상인의 집을 방문했다가 그 집의 아름다운 딸 프룸체를 보게 되었다. 첫눈에 그녀를 향한 절망적인 사랑에 빠졌지만, 그녀는 그에게 눈길조차 주지 않았다.

집으로 돌아가야 할 시간이 다가왔을 때 모세 멘델스존은 그녀와 대화를 나눌 수 있는 마지막 기회로 삼았다. 그는 부끄러워하며 물었다.

"당신은 결혼할 배우자를 하늘이 정해준다는 말을 믿나요?"

프룸체는 여전히 창밖으로 고개를 돌린 채 차갑게 대답했다.

"그래요, 그러는 당신도 그 말을 믿나요?"

모세 멘델스존이 말했다.

"그렇습니다, 한 남자가 이 세상에 태어나는 순간, 신은 그에게 장차 그의 신부가 될 여자를 정해주지요. 내가 태어날 때도 미래의 신부가 정해졌습니다. 그런데 신은 이렇게 덧붙이는 것이었습니다. 하지만 너의 아내는 곱사등이일 것이다. 나는 놀라서 신에게 소리쳤습니다. '안 됩니다, 신이여, 여인이 꼽추가 되는 것은 비극입니다. 차라리 나를 꼽추로 만드시고 나의 신부에게는 아름다움을 주십시오.' 그렇게 해서 나는 꼽추로 태어난 것입니다."

그 순간 프룸체는 고개를 돌려 그에게로 다가가 가만히 그의 손을 잡았다. 훗날 그녀는 모세 멘델스존의 헌신적인 아내가 되었다.

진실하고 겸손한 태도는 사람의 마음을 바꾼다. 누군가를 신뢰하면 그들도 당신을 진심으로 대할 것이다. 누군가를 훌륭한 사람으로 대하면, 그들도 당신에게 훌륭한 모습으로 보여줄 것이다.

5장

인생에 나중은 없다

죽음은 우리를 겸손하게 한다. 죽음을 아는 사람은 왜 살아야 하는지 알고, 그 어떤 상황도 견딜 수 있다. 죽음은 인생의 끝이 아니라 완성이다. 세상에 태어난 것에 감사하고 죽음 이후의 세상을 기대하기 때문이다. 자신의 존재에 대한 의미와 책임을 발견하고 죽는다는 것을 잊지 말아야 한다.

죽음이 파도처럼 덮쳐 공포에 사로잡힌 사람이 있는가 하면 잉크가 물에 퍼지듯 자연스럽고 여유 있게 물드는 사람도 있다. 죽어서 천국 갈 생각보단, 살아있을 때 천국 생활을 누렸으면 한다. 영원히 살 것처럼 꿈을 꾸고, 내일 죽을 것처럼 오늘을 살아라.

알베르트 아인슈타인은 "죽음은 늙어서 갚아야 할 오랜 빚과도 같다"라며, 죽음을 알아야 삶이 보인다고 말했다. 세상에 가장 허망한 약속이 바로 '나중에'라는 말이다.

무엇인가 하고 싶다면 지금 여기(Now & Here)에 머물라. 행복에 나중은 없고 이 순간만이 진실이다. 오늘을 즐기지 못하는 인생은 내일도 행복할 수 없다.

79
생각만큼 늙는다

미국 뉴올리언스의 가난한 흑인 가정에서 10형제의 맏이로 태어난 조지 도슨은 어린 동생들을 먹여 살려야 했기에 4살 때부터 학교도 가지 못하고 할머니와 함께 밭일을 했다. 그는 성인이 될 때까지도 글자를 배우지 못했고, 까막눈이라는 사실을 숨기고 간신히 얻은 일자리에서 쫓겨나지 않기 위해서 표지판이나 규칙을 몽땅 외우기도 했다. 심지어 그의 자녀들도 아버지가 글을 모른다는 사실을 몰랐을 정도였다. 나이가 들어선 고향으로 돌아와 낚시로 소일을 하며 지냈다.

그런데 그가 98세가 되던 해 어느 날, 인근 학교에서 성인들을 위해 글을 가르쳐 주는 교실이 있다는 소식을 듣고 곧바로 학교로 달려갔고, 이틀 만에 알파벳을 다 외워버린다. 뒤늦게 글을 배운 도슨은 101세에 《인생은 아름다워》라는 자서전을 펴내며 전 세계에 따뜻한 울림을 주었다. 그에게 힘이 되어준 한 마디는 "인생이란 좋은 것이고, 점점 나아지는 것"이라고 했던 아버지의 가르침이다.

당신은 나이만큼 늙는 것이 아니라, 당신의 생각만큼 늙는다. 노년은 생각하기에 따라 멋지고 아름다운 인생길이다. 30년은 멋모르고 살고, 30년은 가족을 위해 살고, 이제 남은 시간은 자신을 위해 살았으면 한다. 노인이 된다는 것은 연륜을 쌓고, 비우고, 너그러움과 배려로 삶의 여백을 채울 수 있는 나이라는 의미이다.

왕복표가 없는 인생, 늦게나마 삶을 멋지게 채색할 수 있는 시간이 되어야 한다.

'인생'이란 소설의 작가이자 주인공은 바로 '나' 자신이다. 소설처럼 인생도 마침표가 찍히기 전까진 그 누구도 엔딩을 알 수 없지 않은가?

나이가 하고 싶은 일의 장애물이 될 수 없다. 사람의 나이는 자연 연령, 건강 연령, 정신 연령, 영적 연령 등으로 각자 생각하기에 따라 차이가 있다.

노인 심리학자 브롬리는 인생의 4분의 1은 성장하면서 보내고, 나머지 4분의 3은 늙어가면서 보낸다고 한다. 늙어가는 시간은 길고, 아름답게 죽는 것은 여간 어려운 일이 아니다. 아름답고, 행복하게 늙어가기는 쉽지 않다. 웰에이징에 사랑, 여유, 용서, 아량 등의 요소도 중요하다.

알버트 아인슈타인의 말이다. "나는 특별한 재능이 없습니다. 나는 단지 열정적으로 호기심이 많습니다." 열정 없이는 결코 위대한 것을 성취할 수 없다. 큰 열정을 가진 사람은 불가능을 가능하게 할 수 있다.

80
삶이 그대를 속일지라도

이스라엘 최초 여성 총리였던 골다 메이어는 중동 평화에 기여했다. 그녀가 죽은 후에야 12여 년 동안 백혈병을 앓고 있었다는 사실이 알려졌다. 그녀는 환경과 불운을 탓하지 않았고, "내 얼굴이 못생긴 것이 다행이다. 내가 다른 사람과 비교하여 못났기에 열등의식 때문에 나는 열심히 기도했고, 더욱더 열심히 공부했다. 나의 약점은 나뿐만 아니라 나라에도 무한한 도움을 주었다. 육체적 갈등 때문에, 남보다 희망이 없었기 때문에, 더 하나님께 가까이하려고 했고, 내 실망은 곧 하나님의 부르심이 되었다"라고 고백했다. 그녀는 병약한 몸으로 환경과 고난, 좌절을 딛고 일어선 것이다.

북송(北宋) 시인 소동파는 죽기 직전까지 유배 다니면서도 훌륭한 작품을 남겼다. 마지막 유배지인 하이난섬(海南島)에서 한 화가가 그의 초상화를 그려 선물로 줬다. 그는 그림을 받아 들고 붓을 들어 시 한 편을 써넣었다. 〈금산에서 그려준 초상화에 쓰다(自題金山畫像)〉라는 제목의 시였다.

마음은 이미 재가 된 나무 같고
몸은 마치 매어놓지 않은 배와 같네.
평생의 공적이 무엇이냐 묻는다면
황주(黃州)이고 혜주(惠州)이고 담주(儋州)라고 하겠네.

그가 평생 공적을 이룬 장소로 꼽은 '3주(州)'의 공통점은 죽을 고비를 넘길 정도로 고생한 유배지였다. 그는 굶는 사람들을 위해 돼지비계로 만든 동파육을 개발했고, 〈적벽부〉를 완성했다. 캄캄한 절망과 척박한 환경에 굴하지 않고 문학의 꽃을 피웠다.

조선 시대에도 수많은 시인이 유배지에서 빛나는 명문을 썼다. 혹독한 조건에서 고통을 딛고 쓴 작품으로 유배문학이 탄생하였다. 가사(歌辭)의 대가인 송강 정철은 〈사미인곡〉과 〈속미인곡〉을 담양에 유배됐을 때 썼다.

시조(時調)의 대가 고산 윤선도는 〈견회요〉를 북방 유배지에서 썼고, 다산 정약용은 18년간의 강진 유배 중 500여 권의 저서로 실학을 집대성했다.

서포 김만중은 한글 고전소설의 최고봉으로 꼽히는 《사씨남정기》와 《구운몽》을 유배지에서 창작했다.

추사 김정희는 제주도에 유배됐을 때 사약이 언제 내려올지 모르는 불안 속에서도 붓을 들어 글을 썼는데 그것이 추사체이다.

러시아 시인 푸시킨은 자유를 갈망하는 시를 썼다가 4년간 유배를 갔고, 그곳에서 〈삶이 그대를 속일지라도〉를 썼다.

도스토옙스키도 시베리아 유배 체험에서 《죄와 벌》이라는 걸작을 뽑아냈고, 솔제니친은 11년간의 강제 노동 속에서 《수용소 군도》를 완성했다. 빅토르 위고의 《레미제라블》 역시 추방지인 영국령 건지섬에서 쓴 역작이다.

문인들에게 유배지의 황폐한 땅은 '닫힌 공간'이 아니라 창작의 영감을 고양한 '열린 공간'이다.

81

시간 거꾸로 돌리기

하버드대 엘렌 제인 랭어 교수는 '시계 거꾸로 돌리기' 실험에서 '노인들의 발목을 잡는 것은 신체가 아닌 신체적 한계를 믿는 사고방식'이라는 것을 밝혀냈다. 활기차게 생활할 노인 대상자를 모집하여, 20년 전의 시간으로 되돌려 독립적으로 생활하도록 했다. 그 시절의 뉴스와 영화를 보고, 그때의 생활을 그대로 재현하는 것이다. 대화할 때도 과거 시제가 아닌 현재 시제로 해야 했다. 놀라운 결과가 도출됐다. 실험 전까지 글자가 보이지 않아 포기했던 독서도 할 수 있게 되었다. 관절이 아파서 지팡이를 끌고 왔던 사람도 스스로 산책하게 되었다. 청력,

기억력, 악력, 유연성, 자세나 걸음걸이까지 현저히 젊어졌다.

심리적인 시간을 되돌려 생리적 변화를 일으킨 흥미로운 실험이다. 특히 지능검사에서도 지능이 개선되었고, 식욕도 이전보다 좋아졌다고 한다. 하버드대는 실험 내용을 소개했다. "몸은 마음의 상태를 반영한다. 우리는 종종 그 사실을 잊고 산다. 헬스장에 가서 달리고 식사량을 조절하지만, 마음의 상태에는 신경 쓰지 않는다."

노년에도 젊은 사람처럼 살고 싶다면 태도의 변화를 가져라. 늘 하던 방식에서 벗어나서 늘 먹던 것, 가던 곳에서 가보지 않은 곳으로 가라. 구부정해진 마음이 펴지는 기적을 만끽할 것이다.

꽃은 피어 있을 때 아름답지만 지기 시작하면 흉물로 남는다. 사람도 마찬가지다. 식탁에 놓여있던 꽃병은 점차 사라지고 약병만 줄을 선다. 몸이 늙는다고 마음조차 늙어 쓸데없는 존재로 취급받으면 곤란하다.

나이를 먹는다는 것은 하루 이틀에 된 것이 아니며 살아가는 지혜를 배우는 과정이라고 생각한다. 삶의 흔적을 조금이나마 인생 후배들에게 조언해 줄 수 있다면 큰 보람일 것이다. 늙어감의 지혜와 경험을 용기 있게 받아들이자. '세계 평화'나 '인류 복지' 같은 거창한 것은 후배들에게 맡기고, 소소한 행복 찾기에 나서자. 육신의 눈은 나빠지지만 신령한 눈은 반비례로 밝아진다.

창문을 열어야 바람이 들어오듯이, 마음을 열어야 행복이 찾아온다.
큰 강이 모든 물을 품듯이, 아쉬운 일 그냥 흘러가도록 놓아두라.
뒤를 붙잡는 그림자를 보는 대신에 몸을 돌려 떠오르는 태양을 바라보라.
남의 기준에 맞춘 전전긍긍한 삶 대신에 남이 아닌 자신의 삶을 사랑하자.

82
무엇을 남기고 죽을 것인가?

할리우드 역사상 가장 멋지게 늙어가는 사람으로 영화배우 폴 뉴먼을 꼽는다. 외모만 멋있는 게 아니라 마음 씀씀이도 대배우다웠다. 그는 뉴먼스오운이라는 소스 회사를 만들어 1,500억

전액을 불우 이웃을 위한 자선사업에 내놓았다. 그는 사업 자체가 봉사의 정신이라고 했다.

여배우로 세기의 미인은 오드리 헵번이다. 그녀는 벨기에 태생으로 오스카 여우주연상을 수상할 정도였다. 은퇴 이후 유니세프를 통해 아프리카에서 봉사활동으로 아름다운 노년을 보냈다.

슈바이처는 부인과 함께 아프리카 가봉에 가서 평생 봉사했다. 그는 말했다.

"나는 한 가지 외에는 아는 것이 없다. 진실로 행복한 사람은 남을 섬기는 법을 갈구하는 사람이다."

음악가이자 신학자였던 그는 인류의 형제애 공로로 1952년 노벨평화상을 받았지만, 봉사자로 남기를 원했다. 인간의 미래는 인간의 마음에 달려 있다,

19세기 독일 철학자 니체가 "신은 죽었다"라고 선언한 의미는 종교의 부정이 아니었다. 그는 피안의 존재에만 의지하려는 나약한 인간상에서 벗어나라고 주문했다. 스스로 인간성에 전념하여 새로운 혼돈을 지향해 전진하는 초인(위버멘쉬)을 강조한 것이다. 하지만 그의 죽음은 일평생 추구했던 죽음과는 너무도 다른 결론이었다. 이탈리아 토리노의 카를로 알베르토 광장

에서 주인의 채찍질로 축 늘어진 불쌍한 말의 모습을 보고 마부를 가로막았고, 말의 목을 부둥켜안고 목 놓아 울다가 정신을 잃었다. 그러고는 정신병원으로 옮겨진 후 심한 치매 증상을 보이다 56세의 나이로 파란만장한 일생을 마쳤다. 니체의 죽음은 인간은 의지만으로 죽음의 모습을 선택할 수 없음을 보여준다.

퇴계 이황의 죽음은 니체와 사뭇 달랐다. 퇴계는 죽기 한 달 전쯤 자기 죽음을 예감하고 제자들을 돌려보냈다. 그리고 당시 봉화 현감으로 재직 중이던 맏아들 준에게 관직을 내려놓고 집으로 오라고 했다. 죽기 전날 깨끗이 세수한 다음 자리에 누운 채 자식들과 제자들에게 둘러싸여 조용히 눈을 감았다.

《내가 원하는 삶을 살았더라면(The top five regrets of the dying)》의 저자 브로니 웨어는 그의 저서에서 시한부 환자들이 죽기 전에 가장 후회하는 다섯 가지를 이렇게 정리했다. ① 다른 사람들이 기대했던 삶이 아니라, 내가 원하는 삶을 살지 못한 것 ② 사랑하는 사람들과 더 많은 시간을 보내지 못한 것 ③ 감정 표현에 솔직하지 못했던 것 ④ 소중한 친구들과 연락하고 지내지 못한 것 ⑤ 내 행복에 초점을 맞추지 못하고 노력하지 못한 것.

꽃잎이 모여 꽃이 되고, 나무가 모여 숲이 되며, 숲이 모여 웃음을 준다. 하루가 모여 인생이 되듯 품위를 모아 행복을 실천한다.

83
나이가 들어간다는 것

고대 로마의 정치가 키케로는 공화국을 주장하다가 죽음을 맞이했지만, 구차한 삶을 살진 않았다. "노년은 쾌락으로부터 버림받은 것이 아니라, 오히려 악덕의 근원으로부터 해방되는 것이다." 그는 저서 《노년에 관하여》에서 '노년이 되면 일을 할 수 없는가'라는 질문에 이렇게 답한다. "노년이 되면 일을 못 한다고? 도대체 무슨 일을 의미하는 것인가? 육체가 쇠약하다고 해도, 정신으로 이루어지는 일이 있다. 젊은이들이 갑판을 뛰어다니고 돛을 올리고 할 때, 노인은 키를 잡고 조용히 선미에 앉아 있지. 큰일은 육체의 힘이나 기민함으로 하는 것이 아니라, 깊은 사려와 판단력으로 하는 것이다."

그는 노년의 죽음에 관하여 다음과 같이 말했다.

"농부들이 봄여름을 보내고 가을이 오는 것을 바라보는 것 이상 죽음을 슬퍼할 이유는 없다. 자연에 의해 이루어진 모든 것은 좋은 것이다. 죽는 것만큼 자연의 순리에 따르는 일이 또 무엇이 있겠는가."

이어서 "욕망, 갈등, 야망 이런 것들과의 전쟁이 끝나고 자기 자신의 자아와 함께하는 노년이 얼마나 좋은 것인지 알아야 한다"라고 했다.

생각하고 배우는 한가한 노년이 즐겁다. 키케로에 의하면 인간이 노년기를 두려워하는 이유는 체력적인 한계, 건강을 잃는 두려움, 육체적인 쾌락을 누리기 힘들고, 죽음이 코앞에 있다는 점이다. 바쁜 일상에서 찰나의 잔치를 여는 젊음보다 노년의 차분하고, 성찰의 시간을 갖는 것이 더 매력적이다.

70대에도 연간 100회의 연주회를 가졌던 세계적인 피아니스트 루빈스타인은 89세까지 연주했다.

70세 나이에 한국전에 참전했던 맥아더 장군이 애송했던 사무엘 얼만의 〈청춘(youth)〉에서는 "청춘은 인생의 한 시절이 아니라 마음의 상태"라고 한다. 연령주의(ageism)란 연령을 근거로 사람의 건강, 능력, 생각과 태도를 판단하는 것으로 나이 들면 은퇴하는 것이 당연하다는 태도다.

하버드 대학 심리학 교수 엘렌 랭어는 "연령주의란 부정적 고정관념이며 긍정적 가능성을 좀먹게 만드는 가장 큰 원인이다"고 지목하면서, 연령주의는 자신감과 노력하는 의지를 꺾게 만들어 실제로 우리를 늙게 만든다고 했다. 노년기는 인생에서 가장 긴 구간이지만 이 세상은 청년기와 중년기 위주로 설계되어 있어서 노년층에 관한 연구가 부족하다. 노년기가 끔찍한 것은 나이만 먹다가 죽을 운명이라는 사실 때문이 아니라, 노인을 하찮고, 쓸모없고, 짐 덩어리로 보는 시각이다.

노년이 짐스러울 수 없다. 노년도 즐거운 과정으로 충동적인 육체적 쾌락보다는 정신적 사명을 쫓기 좋은 나이다. 인생은 늙어가는 게 아니라 익어 간다. 나이 듦에 관한 성찰과 가치 있는 삶을 위해서는 해서는 안 될 욕망을 품지 않고 사회적 관심을 가져야 한다. 또한 나누고 베풀며 돈을 제대로 쓸 줄 알아야 한다. 친절하고 남을 먼저 배려하고 공부와 독서하며, 자신감 있고 용감하게 살자. 나태해지는 것을 경계하자. 성찰과 언행을 무겁게 한다. 돌봄에 대한 기대는 잠시 내려놓고, 내면을 돌보자. 인생의 황금기는 지금부터!

84
몰로카이의 성자

성 다미안 신부는 세계적으로 추앙받는 위대한 성인 반열에 올랐다. 벨기에의 한 농가에서 태어난 그는 어려서부터 하느님 부르심의 징표에 응답하겠다는 비범한 각오로 성장하여 형을 따라 '예수와 마리아의 성심 수도회'에 입회했다. 하와이 선교사로 선발된 큰형 팜필 신부 대신 하와이 선교를 자원해서 환자들을 돌보고 집, 학교, 도로, 병원, 교회 등을 지었다. 그러던 중 하와이 군도에 나병 환자가 급격히 늘어나서 환자들을 몰로카이(Molokai)섬에 격리 수용하는 법안이 통과되었다. 그는 외면하고 버려진 나병 환자를 위해 몰로카이섬으로 갔다. 700여 명이 넘는 나병 환자들을 사랑과 자비로 돌보기 시작했다. 처음부터 나병 환자들이 마음을 연 것은 아니다. 신부 자신이 나병에 걸리지 않았기에 그들이 겪는 고통을 제대로 이해할 수 없다는 이유에서다.

"주님, 저에게도 같은 나병을 허락하시어 저들의 고통에 동참하게 해주소서." 기도가 닿아서 그 자신도 나병을 앓게 됐다. 다미안 신부는 병에 걸린 후에도 계속하여 자신을 온전히 바쳤다. 평온과 기도 그리고 내적 평화의 모범을 보인 그를 환자들은 더욱 따르게 되었다. 그는 16년 동안 나병 환자들과 살다 임종했다. "나는 내가 가진 모든 것을 봉사할 수 있었으니 행복하다"라는 내적인 기쁨을 밝혔다. 다미안 신부의 유해는 1936년 몰로카이섬에서 벨기에로 옮겨 안장되었다. 몰로카이섬에는 그의 기념비가 세워졌다.

인간은 종교를 떠나서 살 수 없다. 동양에서는 종교를 '진리의 가르침'으로 보통 '도(道)'라고 불렀다. 서양에서 사용하는 'religion'은 'religio'에서 유래된 것으로 엄숙히 집행된 의례 또는 신과 인간을 결합시키는 것이라고 했다. 아놀드 토인비는 종교의 본질을 '자기중심주의의 극복'이라고 규정했다. 힌두교 개혁가 라마크리슈나는 "산 정상은 하나지만 올라가는 길은 여럿"이라는 화합을 강조한다.

우리나라 종교를 대표하는 한경직 목사, 성철 스님, 김수환 추기경은 존경받고, 이웃사랑과 청빈을 실천하신 분이다. 한경직 목사는 템플턴상을 수상하였으며, 교회를 단순히 예배만 드리는 곳이 아니라 세상을 섬기는 곳으로 실천했다. 한경직 목사가 남긴 유품은 달랑 세 가지. 휠체어, 지팡이 그리고 겨울 털모자뿐이었다. 물론 집도 통장도 남기지 않았다.

'산은 산이요 물은 물이로다'의 일갈과 돈오돈수(頓悟頓修)

로 잘 알려진 현대 불교의 가장 유명한 고승 성철 스님은 학구열과 함께 평생 철저한 수행을 했다. 성철 스님은 기우고 기워 누더기가 된 가사(袈裟) 두 벌을 세상에 두고 떠났다.

"서로 사랑하세요." 가톨릭 최초의 한국인 추기경 김수한 추기경은 소박하고 검소했던 삶과 숭고한 사랑과 나눔, 봉사 정신을 남기셨다. 유품은 신부복과 묵주뿐이었다.

85
플랜 75

생존의 시간은 늘어나지만, 오히려 실존의 시간은 짧아졌다. 은퇴 시기가 빨라지고 병상에 눕는 시간이 늘어났기 때문이다. 지혜로운 세상이라면 주름살이 늘어날수록 인생의 끝이 아닌 지혜와 여유가 늘어나겠지만, 우리가 사는 세상은 그렇지 못하다. 진정한 삶을 누리기 위한 각자의 노력과 깨달음이 요구된다. 나이 들수록 지루함의 함정에 빠지기 쉽다. 지루함은 현재 처한 상황에서 충분한 관여나 의미를 느끼지 못하고 다른 상황이나 자극을 찾는 상황을 의미한다.

심리학자 칼 융은 지루함을 제거하는 시금석은 '의미를 향한 의지'라고 했다. 의미 치료로 유명한 의사 빅터 프랭클은 나치 수용소에 감금된 상황에서 살아남은 자와 죽은 자를 가르는 가장 큰 요인은 '단순한 생존을 넘어 생의 의미를 찾고자 하는 욕구'라고 했다.

아무리 절망적이고 모멸스러운 환경일지라도 견뎌내는 힘, 지루함을 극복하는 의지력이 필요하다. 지루함을 피하기 위해 '바쁨'을 찾아, 일정표에 빼곡히 적어 놓아도 마음의 위로를 찾기 어렵다.

유명 연예인들이 고백하는 공황장애나 벤처 CEO들의 녹아웃 상태가 이를 증명한다. 지루함은 어떻게 활용하느냐에 따라 득이 될 수도 있고 독이 되기도 하는 양날의 검과 같다. 지루함을 극복하기 위해서는 산책이나 명상, 무소유, 미니멀리스트, 새로운 일에 도전하기, 좋은 사람과 관계 맺기 등이 거론된다.

베르나르 베르베르 작가는 하루의 일정한 시간을 고요한 명상으로 머리를 비운다. 역사학자 유발 하라리도 정신 수련으로 마음을 누그러뜨린다. 평범한 사람도 낯선 일에 도전하거나 삶의 소소한 기쁨을 찾는 사다리를 놓으면 얼마나 행복한 일인가?

하야카와 치에(早川千絵) 감독이 칸 영화제에서 상을 받은 영화 〈플랜 75〉의 핵심은 노인들의 자발적인 죽음을 유도한다. 영화는 "일본의 미래를 위해 노인들은 사라져야 한다. 일본은 원래 나라를 위해 죽는 것을 자랑스럽게 생각하는 나라가 아닌가?"라는 자막을 띄운다. 75세 이상의 국민이라면 누구나 스스로 죽음을 선택할 수 있도록 하는 법, '플랜 75'가 국회를 통과하고 죽음을 국가에 신청하면 국가가 이를 시행한다. 영화 후반의 멘트는 "플랜 65로 확대되는 것을 검토하고 있으며, 다음 순번은 당신이 될 것이다"라고 경고한다.

육체적 연령보다도 정신적인 젊음이 중요하다. 성경은 "백발은 영화의 면류관이라 공의로운 길에서 얻느니라(잠16:31)"라고 한다. 75세까지 작곡하며 명곡을 남긴 요한 제바스티안 바흐, 70세가 넘어서 《부활》을 탈고한 톨스토이, 76세의 고령으로 《파우스트》를 쓰기 시작한 괴테 등을 보면 노년기는 인생의 하향기가 아니라 인격의 통합을 이루는 절정기이다.

한편 스콧 니어링은 단순한 삶을 실천했다. 내면의 욕망을 덜어내고 자연으로 돌아가 소박한 농촌 생활을 즐기다가 자신의 의지로 식음을 전폐하고 조용히 죽음을 맞이했다. 대지를 뚫고 솟아나는 새싹의 설렘이 신비롭지만, 떨어지는 낙엽도 아름답다. 쭉정이가 되어 겨울 나뭇가지에서 떨어지기보단 아름다운 윤기가 있을 때 퇴장하길 기도한다.

86

생의 마지막 순간

런던 캔터베리 교회의 니콜라이라는 집사는 평생 사찰 집사로 교회 청소와 심부름을 했다. 그는 교회를 자기 몸처럼 사랑하고 맡은 일에 헌신하였다.

그가 하는 일 중에는 시간에 맞춰 교회 종탑의 종을 치는 일이 있었다. 종을 얼마나 정확하게 치는지 런던 시민들은 자기 시계를 니콜라이 집사의 종소리에 맞추었다. 그렇게 교회 일을 열심히 하면서 키운 두 아들은 케임브리지와 옥스퍼드 대학교수가 되었다. 어느 날 두 아들은 아버지에게 말했다.

"아버지, 이제 일 그만 하세요."

그러나 니콜라이는 단호히 말했다.

"아니야, 나는 끝까지 이 일을 해야 해."

그는 노환으로 세상을 떠나기 전까지 종치는 일을 게을리하지 않았다. 가족들이 그의 임종을 보려고 모였을 때 종을 칠 시간이 되자 일어나 옷을 챙겨 입고 비틀거리며 밖으로 나가 종을 쳤다. 그리고 종을 치다가 종탑 아래에서 세상을 떠났다.

이 이야기를 들은 엘리자베스 여왕은 감동하여 영국 황실의 묘지를 내주고 그의 가족들을 귀족으로 대우해 주었다. 모든 상가와 시민들은 그날 하루 일을 하지 않고 그의 죽음을 애도했다.

미켈란젤로는 89세로 세상을 떠날 때까지 조각상 〈론다니니의 피에타〉를 만들며 창작활동을 했다. 그는 식사할 시간도 아끼면서 일에 몰두했고, 작업하다가 하인의 등에 업혀 오기도 했다. 예술에 대한 순수한 사랑과 초인적인 열정을 마음껏 발했다. 로맹 롤랑이 "천재란 어떤 인물인지 모르는 사람은 미켈란젤로를 보라"고 할 정도의 천재 예술가다.

우리가 하는 일에 하찮은 일은 없다. 어떠한 일이든 진심으로 헌신하고 노력한다면 그 일은 고귀하다. 주어진 일에 사명감을 갖고 죽을힘을 다할 때 사람들은 물론 하늘까지 감동을 준다.

인간이 만물의 영장이라지만 어리석은 면이 많다. 어린 시절엔 어른 되기를 갈망하고, 어른이 되어서는 다시 어린 시절로 돌아가기를 갈망한다. 돈을 벌기 위해서 건강을 잃어버린 다음에는 건강을 되찾기 위해서 병원과 약국에 돈을 바친다. 미래를 염려하다가 현재를 놓쳐 버리고는 결국 미래도 현재도 둘 다 누리지 못한다. 우리가 인생을 알만한 나이가 되면, 나이가 들어 흐르는 강물처럼 기회를 잡을 수 없다. 생의 마지막에 사랑하는 사람이 들려주는 노래를 들으며 웃음 속에서 세상을 떠나는 인생은 어떤가?

87
건강은 마음먹기에 달렸다

엘렌 제인 랭어 하버드대 심리학과 교수는 2007년 심리과학 학술지에 '마음먹기에 달렸다(Mind-set matters)'라는 연구 결과를 발표했다. 그는 7개 호텔 객실 여직원 중에서 평소 운동을 따로 하지 않은 84명을 추렸다. 이들을 두 그룹으로 나눠 A 그룹에는 그들의 일 자체가 건강 유지에 훌륭한 운동이라고 알려줬다. 객실 청소는 의사가 권장하는 강도 이상의 운동이라는 설명을 덧붙였다. 돈 벌면서 운동하는 격이다. 반면 B 그룹에는 아무런 설명 없이 평소처럼 일하도록 했다. 4주 후 A 그룹은 예전보다 많은 운동을 하고 있다고 인식했다. 그리고 A 그룹은 B 그룹보다 체중, 혈압, 체지방, 허리둘레 등이 모두 감소했다. 이

연구를 통해 플라시보 효과가 건강에 영향을 미친다는 가설을 뒷받침했다.

플라시보 효과란 가짜 약을 진짜 약으로 알고 먹으면 약 효과가 나타나는 현상이다. 객실 청소가 자신의 건강에 도움을 주는 신체 활동이라고 여기면 그만큼 건강에 도움이 된다. 반대로 진짜 약을 가짜 약으로 알고 먹으면 약 효과가 사라지는 현상은 노시보 효과다. 약에 대한 신뢰가 없으면 건강에 아무런 도움이 안 된다.

이후에도 긍정적인 생각과 신체 건강에 관한 연구 결과는 꾸준히 보고됐다. 미국 하버드 보건대학원 연구팀은 2011년 발표한 연구 결과에서 평소 긍정적으로 사는 사람의 신체에서 염증 반응이 적다고 밝혔다.

2015년 공개된 영국 노화 연구에서는 실제 나이보다 젊다고 생각하는 사람의 사망률은 14%, 나이보다 더 늙었다고 느끼는 사람의 사망률은 24%인 것으로 나타났다. 미국 뉴욕 루크병원의 알란 로잔스키 연구팀은 2019년 심혈관질환 논문 15건을 분석한 후 낙관적인 사람은 심혈관질환 위험이 35% 감소한다는 결론에 도달했다.

기억력도 심리상태의 영향을 받는다. 긍정적인 단어를 쓰는 노인층이 부정적인 단어를 사용하는 층보다 기억력이 좋게 평가됐다. 긍정적 단어 군에 노출된 노인 그룹의 기억력은 젊은 그룹의 기억력과도 큰 차이를 보이지 않았다. 긍정적인 마음가짐은 신체에도 긍정적인 영향을 주기 때문이다.

장점이 있으면 반드시 단점이 있고, 단점이 장점이 되고 장점이 단점이 될 수도 있는 것이다. 불평하면 자신이 손해만 볼 뿐 세상은 바뀌지 않는다. 뭔가가 부족하면 생활이 조금 불편할지 모르나 부족함이 행복의 근원인 자존감을 높일 수 있다. 행복하고 지혜로운 사람은 가진 것에 감사하고, 주어진 일을 즐기며, 범사에 감사하는 사람이다. 부족하지만 행복한 삶을 꿈꾸자. 이것이 세상사이다.

88

오복 중 으뜸은 고종명

《서경》〈홍범〉 편에서는 복 있는 인생의 바람직한 조건으로 수·부·강녕·유호덕·고종명의 5가지를 가리킨다. 첫째, 수(壽)

는 오래 살고자 하는 염원을 표현하고, 둘째, 부(富)는 부유하고 풍족하게 살기를 바라는 소망이다. 셋째, 강녕(康寧)은 사는 동안 건강하게 살고자 하는 욕망을 나타내며, 넷째, 유호덕(攸好德)은 이웃이나 다른 사람을 돕고 베풀어서 덕을 쌓는 삶을 말한다. 그리고 다섯째, 고종명(考終命)은 죽음을 편안하고 깨끗이 하자는 소망을 나타낸다.

오늘날 부(富)를 가장 중시하는 것은 돈이면 모든 것을 할 수 있다는 생각이다. 이런 생각이 지나쳐 부자를 부러워하는 '금전만능주의'가 우려된다. 개인적으로 '고종명'이 가장 중요하다고 생각한다. 이것은 '건강하게 살다가 깨끗하게 죽고 싶다'는 희망이다. 누군가 "당신 아버지를 보는 듯하다"라는 말을 들을 수 있다면 이것이 웰다잉(Well-dying)이 아닐까?

고종명을 위해서는 끊임없이 머리를 굴려서 뇌를 싱싱하게 해야 한다. '시력을 잃으면 사물을 잃고, 청력을 잃으면 사람을 잃는다'라는 말이 있듯이 뇌는 시력과 청력의 자극으로 움직인다. 따라서 현대의학의 선물인 백내장 수술, 임플란트, 보청기로 떨어진 기능을 회복시켜야 한다. 소위 '뇌를 닦고 조이고 기름을 쳐' 노화를 늦춘다. 호기심을 일으키는 다양한 책 읽기, 그림 보기, 음악감상, 여행, 외국어 공부 등도 깨어있는 뇌세포를

늘리는 데 좋다.

최근 과학자들이 새 치료법과 신약을 개발하여 인간 수명은 괄목할 정도로 늘어나고 유전병과 노화에 관련된 유전자를 밝혀 유전자가위 기술로 유전자를 잘라내 정상적인 것으로 갈아 끼운다.

한국 고령자의 90% 이상은 연명치료 없이 집에서 편안하게 생을 마감하기를 희망한다. 그러나 90% 이상이 병원에서 팔에 링거를 꽂고 산소마스크를 쓴 채 싸늘한 침대 위에서 죽는다. 사람이 원하지 않는 방식으로 죽음을 맞이하는 이유는 준비 부족 때문이다.

호주 최고령 과학자 데이비드 구달이 지난 5월 104세로 스위스 바젤에서 안락사했다. 그가 좋아하는 베토벤의 9번 교향곡 마지막 악장을 들으며 눈을 감았다. 불치병에 걸리지 않았는데도 스스로 죽음을 선택한 것은 선진국에서도 이례적인 일이다. 그는 죽음을 앞둔 기자회견에서 너무 오래 산 것이 후회되고, 앞으로의 삶이 행복할 것 같지 않아서 안락사를 택한다고 말했다. 우리나라도 지난 2월부터 존엄사를 가능하게 하는 연명의료결정법이 시행됐다. 전에는 한 번 링거를 꽂거나 산소마스크를 착용하면 제거할 수 없어, 오랫동안 식물인간 상태로 지내는 고통을 제거했다는 의미를 찾을 수 있다. 젊음이란 인생의 어떤 기간이 아니라 마음의 상태를 말한다.

89

노후 준비 5F's

독일의 위대한 문인 괴테의 인생관은 "우리의 문명은 겨울철 과일나무와 같다. 그 나뭇가지에 다시 푸른 잎이 나고 꽃이 필 것 같지 않아도 우리는 그것을 꿈꾸고 그렇게 될 것을 잘 알고 있다"이다.

멋진 인생을 사는 방법은 다음과 같다.

첫째, 지나간 일을 쓸데없이 후회하지 않는다. 잊어버려야 할 것은 깨끗이 잊어버린다. 할 수 있다고 믿는다. 둘째, 되도록 성내지 않는다. 분노 속에서 한 말이나 행동은 후회만 남는다. 분노의 노예가 되지 말라. 셋째, 현재를 즐긴다. 인생은 현재의 연속으로 지금 내가 하는 일을 즐기고 그 일에 정성과 정열을 다하는 것이 현명하다. 넷째, 남을 미워하지 마라. 증오는 인간을 비열하게 만들고 인격을 타락시킨다. 넓은 아량으로 남을 포용하라. 다섯째, 미래를 신에게 맡겨라. 미래는 미지의 영역이다. 어떤 일이 앞으로 나에게 닥쳐올지 알 수가 없다. 내가 할 수 있는 일에 전력을 다하라.

노후 준비의 ABC인 5F's를 살펴보기로 하자.

1. Finance(경제적 자립): 노후 생활의 기본은 수입과 지출을 자신의 경제 수준 내에서 일정하게 관리하는 것이다. 현금 흐름의 안정적 유지로 이를 위해서는 3층 연금 체계를 갖춰야 한다. 1층은 누구나 가입하는 국민연금이다. 국민연금은 타 상품에 비해 장점이 많지만, 소득대체율이 낮다. 2층 퇴직연금은 근로자가 재직 중에는 확정급여형(DB: Defined Benefit), 확정기여형(DC: Defined Contribution), 개인형 퇴직연금(IRP: Individual Retirement Pension) 중 자신에게 알맞은 유형의 퇴직연금을 선택할 수 있고, 퇴직 후에는 연금과 일시금 형태 중 선택하여 수령할 수 있다. 3층 사적연금은 개인별 차별화가 있고, 노후 자금 확보에 부동 자산의 유동화도 고려할 필요가 있다.

2. Fitness(건강): 건강을 잃으면 모든 것을 잃는다. 성공, 물질적 소유, 명예도 중요하지만 좋은 건강을 대체할 수는 없다. 건강을 위해 균형 잡힌 식사, 규칙적 운동, 정기검진 등이 필요

하다. 재취업을 위한 자격증 획득과 자신만의 경쟁력을 갖춰라.

3. Field(취미·할 일): 노년에 할 일이 있다는 것은 축복이다. 노인을 위한 나라는 없다. 스스로 외롭지 않은 노후 준비를 해야 한다. 봉사와 문화생활로 의미와 행복을 찾을 수 있다. 인간은 할 일을 후회하기보다 하지 않은 일을 더 후회한다.

4. Fun(재미): 소득 수준이 높아지면서 즐기는 여가문화도 변했다. 80년대 탁구, 당구에서 90년대는 볼링, 테니스, 2010년 이후는 골프와 캠핑이 대세다. 소득 5만 달러 시대가 되면 승마, 요트가 부상할 것이다. 인생은 즐기는 자의 몫이다. 호모 사피엔스에서 '호모 루덴스'로 바뀐다.

5. Friends(네트워크): 사회적 관계망은 나이가 들수록 감소하기 마련이다. 친구나 이웃 관계가 좋을수록 더 건강하고 행복하다. 인생의 소중한 3가지 금은 '황금, 소금, 지금'이다. 고령화, 챗GPT 시대에서 살아남기 위해서는 일을 놓지 않고, 하고 있는 일을 사랑하는 것이다.

90

회복 탄력성

네덜란드의 6세 소년 테인 콜스테렌은 뇌종양 판정을 받고 일 년도 남지 않은 시한부 생을 선고받았다. 소년은 병에 굴복하지 않았다. 한 라디오 프로그램에서 자신처럼 병으로 아파하는 또 다른 아이들을 돕고 싶다는 소망을 전했다. 그리고 매니큐어를 발라주는 대가로 1회당 1유로(1,300원)를 기부받는 캠페인을 시작했다. 수많은 사람이 동참했다. SNS에 네덜란드 마르크 뤼터 총리, DJ 아민 반 뷰렌, 네덜란드 윈드서핑 금메달리스트 등 유명인들이 손톱에 매니큐어를 바르고 그 모습을 올렸다. 그렇게 모인 모금액은 250만 유로(약 32억 원). 이 금액은 전액 뇌졸중과 폐렴 아동 치료비로 기부했다. 테인 콜스테렌은 2017년 7월 7일, 7살 생일을 일주일 앞두고 하늘나라로 떠났다.

미국의 동기 부여 연설가로 저명한 노먼 빈센트 필 목사에게 한 중년 남자가 찾아와 상담을 청했다. 실의에 빠져 모든 것을 포기할 듯한 모습으로 말했다.

"목사님, 평생 노력한 제 사업이 한순간 부도가 나서 모든 것을 잃어버렸습니다. 어떻게 살아야 할까요?"

목사는 종이에 가지고 있는 것을 써 보라고 했다. 중년 남자는 부인, 자식, 건강, 친구 등을 종이에 빼곡히 적었다.

"모든 것을 잃었다는 당신이 아직 가지고 있는 귀한 것이 많네요"라는 말에 그는 갑자기 큰 소리로 말했다.

"정말 감사합니다. 모든 것을 잃어버린 줄 알았는데, 제게 아직 귀한 것들이 남아있었네요. 다시 일어서겠습니다."

당신은 가진 것이 부족하다고 생각하는가? 분명 당신에겐 여전히 귀하고 소중한 것들이 많이 남아있다. 심각한 삶의 국면에서 좌절하지 않고 기존보다 더 나은 방식으로 재기할 수 있는 힘을 회복 탄력성(Resilience)이라고 한다. 마음의 근력을 단련시켜 도약의 발판으로 삼는 것이다.

KB금융지주 윤종규 회장은 고졸로, 은행에 입사한 뒤 공인회계사 시험 합격, 경영학 박사학위를 받고 3번째 임기의 최장수 금융지주 회장 기록을 세웠다. '상고 출신 천재'라는 별명과 함께 일을 꼼꼼히 챙겨 똑똑하고 부지런하다는 의미의 '똑부'라는 별명을 갖고 있다.

21세기 최고의 상품, 아이폰을 탄생시킨 스티브 잡스는 자신이 창업한 회사에서 쫓겨났고, 〈슈렉〉으로 30억 달러의 수익을 올린 애니메이션의 거장 제프리 카젠버그는 디즈니에서 쫓겨났다. 역사상 최대 규모의 기업 공개로 중국 1위 자산가가 된 알리바바의 창업자 마윈은 세 번이나 대학에 떨어졌고, 입사 지원한 회사마다 매번 낙방했다. 모두 눈앞에 보이는 화려한 성공에 주목하지만, 그 뒤에는 수백 번의 실패에도 포기하지 않는 힘이 존재한다.

현재의 삶이 잘 풀리지 않고 주저앉고 싶어도 회복 탄력성을 잃지 말자. 한계라는 거짓말에 속지 말자. 있는 그대로 인정하며 '왜 나에게만 시련'이라는 것을 무시하자. 현재에 안주하면 발전이 없다. 인생은 실패를 통해 얻는 것이 많다. 최선을 다하는 자신을 격려하고, 꿈을 이룬 미래로 가라!

91

〈마지막 잎새〉의 비밀

〈마지막 잎새〉는 인정과 애환을 그린 오 헨리의 대표작으로 스토리는 다음과 같다.

뉴욕 그리니치빌리지의 아파트에 사는 무명의 여류화가 존시는 심한 폐렴으로 사경을 헤매고 있었다. 그녀는 삶에 대한 희망을 잃고 친구의 격려도 아랑곳없이 창문 너머로 보이는 담쟁이덩굴 잎이 다 떨어질 때 자기의 생명도 끝난다고 생각했다. 이를 안타깝게 여긴 노화가는 나뭇잎 하나를 벽에 그려놓았다. 심한 비바람에도, 시간이 지나도 떨어지지 않는 진짜 나뭇잎처럼 보이게 했다. 이로 인해 존시는 삶에 대한 희망을 갖게 되었다. 노화가는 젊은 한 생명에게 희망을 불어넣었지만, 정작 자신은 폐렴에 걸려 숭고한 희생을 한다.

오 헨리는 의사가 되고자 했던 약사 아버지와 문학적 재능이 뛰어난 어머니 밑에서 자랐다. 하지만 갑작스러운 사고로 부모님이 모두 돌아가시자 그는 고아나 다름이 없었다. 숙부의 손에서 자란 그는 할머니가 글쓰기 공부를 가르쳤다. 27살에 7살 연하의 부인과 결혼하고 부인의 폐결핵 치료비를 마련하기 위해 은행에 취직했다. 하지만 계산 실수로 인해 그는 재판을 받게 되었고 결심 공판 전에 도망간다. 그러나 부인이 위급하다는 소식을 듣고 만나러 가다 경찰에 체포된다. 5년 형을 받고 감옥에 갇히게 된 그는 감옥에서 단편 소설을 쓰기 시작했다. 〈마지막 잎새〉도 그때 썼다.

그의 소설은 유명세를 치르기 시작했고 모범수로 나온 후 거의 하루 한 편의 단편 소설을 쓰다시피 했다. 만일 그가 감옥 생활에서 비관만 하고 있었다면 불가능했을 것이다. 가장 어려울 때 그것을 전화위복의 기회로 삼았다. 가장 암울했던 시절이 가장 희망으로 가는 지름길일 수도 있다.

어려움을 어떻게 극복하느냐에 따라 운명이 갈라진다. 낡아 없어지지 않는 희망을 파종하자. 버들가지는 백번 꺾여도 새 가지가 돋는다.

92

행복의 비밀

미국 경영 컨설턴트가 휴가차 멕시코 해변에 갔다. 낚싯대를 드리우고 졸고 있는 멕시코 어부를 발견하고 물었다.

"하루에 몇 마리나 낚습니까?"

"열 마리 정도 낚죠."

"그 정도 일하고도 사는 데 지장이 없나요?"

"빠듯하지만, 살만합니다."

컨설턴트는 한심하다는 표정으로 제안했다.

"당신이 더 열심히 물고기를 잡고 내가 마케팅하면 몇 년 뒤에는 돈도 많이 벌고, 큰 배와 통조림 공장도 세울 수 있습니다."

어부가 대답했다.

"그렇게 돈 많이 벌어서 뭐 하게요?"

"은퇴한 후 한적한 해변에서 낮잠을 자고, 생각만 해도 천국 같지 않습니까?"

어부는 어이없다는 표정으로 말했다.

"이봐요. 지금 내가 그렇게 살고 있잖소!"

제안을 거절당한 컨설턴트는 20년 후 다시 그 해변을 찾았다. 지금도 편안하게 생활하고 있는지 궁금해서 그 어부를 찾아갔다. 이전의 행복했던 모습이 사라진 어부가 말했다.

"이제 나이가 들어 어부 노릇도 못 하고, 자식이 몹쓸 병에 걸렸는데 병원에 갈 돈도 없네요. 젊었을 때 당신이 말한 대로 했더라면 이런 불행이 없었을 텐데요."

어떤 남녀가 사랑을 속삭이기 위해 동산에 올라가 좋은 자리를 찾아 앉았다. 앉아서 보니 좀 더 위쪽이 좋아 보여 그곳으로 자리를 옮겼다. 그런데 이번에는 오른쪽이 훨씬 아늑해 보여 다시 그쪽으로 자리를 옮겼으나 맞은편이 더 나아 보였다. 그들은 한 번만 더 자리를 옮기겠다고 생각하고 맞은편으로 갔다. 그런데 그 자리는 맨 처음 앉았던 바로 그 자리였다. 욕심은 끝이 없고 같은 실수를 반복하기 마련이다. 행복은 현재의 자리에서 감사하는 마음에서 시작된다.

진 웹스터의 소설 《키다리 아저씨》에서는 "과거를 후회하거나 미래를 걱정하며 시간을 낭비하지 말고, 지금 이 시간을 최대한 즐겁게 사는 거예요. 저는 작은 행복을 많이 쌓을 거예요!"라고 행복의 비밀을 말한다. 행복은 삶에서 기쁨과 만족감을 느끼는 감정이다. 행복의 감정은 시한부로 지속되거나, 저축되지 않는다. 심리학에는 이를 '행복의 평균값'이라고 부른다. 행복은 크기가 아닌 빈도로 결정된다.

아인슈타인은 "인생을 살아가는 데는 오직 두 가지 방법밖에 없다. 하나는 아무것도 기적이 아닌 것처럼, 다른 하나는 모든 것이 기적인 것처럼 사는 것이다"라고 했다. 해야만 하는 일이 먹고 살기 위해 당연히 하는 일이라면, 하고 싶은 일은 본인이 좋아서 하는 일이다. 이 두 가지 일의 균형이 필요하다. 자신이 하고 싶은 일에만 집중하는 이상주의나, 해야만 하는 일에 치여 허덕이는 현실주의자 모두 배격한다. 자신이 좋아하는 일만 하는 것이 아니라 자신이 하는 일을 좋아하는 행복주의자가 되었으면 한다.

아리스토텔레스는 《니코마코스 윤리학》에서 '행복한 삶은 탁월성에 따른 삶이다'로 정의한다. 인간의 탁월성은 지성에 있다. 지성의 활동은 어떠한 특정한 견해에 얽매이지 않고 변하지 않는 진리를 비추는 관조라고 볼 수 있다. 나만을 위하고 다른 사람을 수단으로 생각하는 마음은 정신적 사해이다. 용서하고 사랑하라. 강해져라. 하고 싶은 일을 하라. 끊임없이 사고하라.

93
인생에 나중이란 없다

옛날 어느 마을에 욕심 많고 인색한 부자가 살았는데 마을 사람들 사이에서 평판이 좋지 않았다. 부자가 지혜롭기로 소문난 노인을 찾아가 물었다.

"어르신, 제가 죽은 뒤에 전 재산을 어려운 이웃들에게 나눠주겠다고 약속했는데도 사람들은 아직도 저를 구두쇠라고 하면서 미워하고 있습니다."

노인은 부자의 물음에 다음과 같은 이야기를 들려주었다.

"어느 마을에 돼지가 젖소를 찾아가 하소연했네. 너는 우유만 주는데도 사람들의 귀여움을 받는데, 나는 내 목숨을 바쳐 모든 것을 다 주는데도 사람들은 왜 나를 좋아하지 않는 거지?”

노인은 계속 부자에게 이야기를 이어갔다.

“젖소가 돼지에게 대답하기를 ‘나는 비록 작은 것일지라도 살아있는 동안 해주지만, 너는 죽은 뒤에 해주기 때문일 거야’라고 했다네.”

이야기를 듣고 있는 부자를 쳐다보며 노인은 다시 말했다.

“지금 작은 일을 하는 것이 나중에 큰일을 하는 것보다 더 소중하네. 작고 하찮은 일이라도 지금부터 해 나가는 사람만이 나중에 큰일을 할 수 있다네.”

벤저민 프랭클린은 자신만의 시간 관리 법칙을 만들어 평생 철저하게 지켰다. 중요하게 여기는 가치로 우선순위를 부여했다. 일하는 데 9시간, 잠자는 데 7시간, 식사와 여가 5시간, 독서와 자기 계발에 3시간을 정해놓고 하루를 관리했다.

우리는 모두 각자 인생의 CEO로 과제를 나중으로 미루면 행동하기 어렵다. CEO는 누구보다 시간을 철저하게 관리한다. CEO는 해야 할 일을 결정하고, 전략을 세워서 적극적으로 실행에 옮겨야 한다.

정신분석가 융은 “마흔이 되면 마음에 지진이 일어난다”라고 했다. 평균수명 100세 시대에 마흔은 아직 청춘인데도 뭔가를 시작하기에 늦은 나이로 생각하여 용기와 도전을 하지 못했다. 완벽을 추구하기 전에 만족의 수위를 낮추리라. 때론 기다리는 것이 답이다. 사랑하는 사람을 위한다는 명목으로 간섭하지 않아야 한다. 고통도 삶의 일부다. 인생이 지옥이라고 말하기보다는 수련장으로 생각해야 한다.

94

인생은 짧지만 일하기 좋은 날

이탈리아 밀라노 성당의 첫 번째 문에는 장미꽃이 새겨져, “모든 즐거움은 잠깐이다”라는 문장이 쓰여 있고, 두 번째 문에는 십자가가 새겨져, “모든 고통도 잠깐이다”라는 문장이 있으며, 세 번째 문은 “오직 중요한 것은 영원한 것이다”라고 쓰여 있다고 한다. 인생에서 가장 중요한 것이 무엇인가를 지적해주는 말이다. 인생은 안개와 같아 나그네처럼 잠깐 왔다가 떠나간다.

어린 시절을 아침이라 하면, 젊은 시절은 낮과 같고, 늙은 시절은 저녁이라 할 수 있다. 호텔의 손님으로 있는 동안에는 최고급의 시설과 서비스를 누리지만, 일단 그 호텔을 떠날 때는 모든 것을 놓고 가듯 영혼의 고향인 하늘나라로 떠나갈 때 어느 것 하나도 가지고 갈 수 없다. 튀르키예에서는 고난과 슬픔을 당한 사람에게 이렇게 말한다. "빨리 지나가기를 바랍니다."

인생은 한 권의 책과 같다. 어리석은 이는 책을 마구 넘겨 버리지만, 현명한 이는 여유 있게 천천히 읽으면서 독서의 즐거움을 느낀다. 줄거리를 아는 것과 인생을 살아가는 것은 다르다.

노인 지하철 무임승차, 연금 개혁 등 세대 간 갈등으로도 표출되어 있다. 외국은 우리처럼 전폭적인 무임승차가 아닌 일정 부분만 할인 혜택을 준다. 독일과 호주, 네덜란드, 덴마크는 40%~50% 할인해주고, 일본과 프랑스는 소득 수준별로 할인율을 차등화하고 있다. 영국은 출퇴근 시간대에는 할인해주지 않고, 일본은 할인이 적용되는 노인 나이를 70세로 규정하고 있다.

지난 2008년 개봉하여 아카데미 작품상 등 다양한 상을 받은 〈노인을 위한 나라는 없다〉는 제목만 보면 노인 관련 작품처럼 보이지만, 주제는 인간 욕망과 필연적 재앙으로, 200만 달러를 쥔 주인공과 그 가방을 찾는 사이코패스의 추격전이다. 이 영화가 함의하는 바는 나이와 관계없이 축적해 왔던 경험과 지성이 탈주해버린 현대사회의 무질서와 혼돈을 경계하라는 의미이다.

인생은 짧지만 그렇다고 감당하지 못할 만큼 짧지도 않다. 성경은 인생을 가리켜 '아침이슬'과 같고 '허무하게 보낸 나그네'라고 표현했다.

100세가 넘도록 건강하게 사회활동 하는 김형석 교수의 건강 비결은 단순하다. 예수 믿고, 술 담배 안 하고, 공부와 사회적 관심을 두는 절제적 생활이다.

당신은 나이만큼 늙는 것이 아니라, 당신의 생각만큼 늙는다.

95
나잇값

나잇값을 하기가 쉽지 않다. 나잇값이란 나이에 어울리는 말과 행동으로, 남에게 욕먹을 짓은 하지 않는 것이 전제 조건이다. 정치인은 정치인답게, 어른은 어른답게, 자기 나이에 어울리는 처신이다. 나이에 걸맞지 않은 행동을 할 때 눈살이 찌푸려진다. 나이는 숫자의 양보다 질이 중요하다. 헨리 데이비드 소로의 《월든》에는 다음과 같은 글이 나온다.

"삶이 아무리 초라하더라도 외면하지 말고 당당히 받아들여 살라. 자신의 삶을 회피하거나 욕하지 마라. 그런 삶도 당신 자신만큼 나쁘지는 않다."

나이 들수록 욕심을 비우는 자제심, 유혹에 흔들리지 않는 분별력, 함부로 행동하지 않는 겸손함, 서두르지 않는 고요함, 시원한 그늘을 내어주는 균형감각을 키워야 한다.

동서고금 위인들의 수명은 제각기다. 예수 33, 공자 73, 석가모니 80, 소크라테스 70, 이순신 54, 윤동주 28, 링컨 56, 알렉산드로스 대왕 33. 셰익스피어 52, 톨스토이 82 등.

철학자 몽테뉴는 말한다. "인생의 가치는 그 길이에 있지 않다. 하루하루를 사용하여 인생을 만들어 나간다. 오래 살 수는 있지만, 그렇다고 꼭 많은 것을 얻게 되는 것은 아니다."

83세까지 공부에 매진했던 괴테의 말이다. "나는 나의 생명이 다하는 마지막 순간까지 쉬지 않고 일했다. 자연이 이승에서의 나의 정신을 더 이상 붙잡아주지 못할 때는 자연은 나에게 다른 또 하나의 존재 양식을 지정해 줄 의무가 있다."

또한 그는 '경구집(警句集)'에서 처세훈을 남겼다. ① 만나는 사람마다 스승으로 여겨라. ② 지나간 일을 투덜거리지 말라. ③ 좀처럼 성을 내지 말고, 언제나 현재를 즐겨라. ④ 남을 미워하지 말라. ⑤ 미래를 진리에 맡겨라. ⑥ 마음이 청춘이면 몸도 청춘이다 등이다.

81세인 세계 제일의 테너 플라시도 도밍고는 "이제 쉴 때가 되지 않았느냐"라는 질문에 "쉬면 늙는다"라며 젊음을 과시했다. 96세로 타계한 세계적인 경영학자 피터 드러커는 타계 직전까지 강연과 집필을 계속했다. 아직도 공부하시냐고 묻는 젊은이들에게 "인간은 호기심을 잃는 순간 늙는다"라는 유명한 말을 남겼다.

장수보다 다른 사람에게 도움을 줄 수 있는지가 더 중요하다. 죽는 것을 두려워하기보다는 자연스럽게 받아들여야 한다. 레오나르도 다빈치의 말이 평범한 진리로 들린다. "잘 보낸 하루가 행복한 잠을 가져오는 것처럼, 잘 살아낸 인생은 행복한 죽음을 가져온다."

나이 먹고 죽는 것은 정해진 진리로 두려워하지 말라. 나이 먹어도 추하게 늙지 말아야 한다. 육체적으론 낡았어도 정신적으론 군대 제대한 후 복학한 대학생처럼 살고 싶다. 호기심과 창의성을 잃지 않고, 사랑과 행복을 전하는 노인, 주변 사람들에게 늘 관대하고 부지런한 노인, 할 일을 찾고 오라는 데가 많은 노인, 허리가 곧아 어디든지 갈 수 있는 노인, 경제적, 정신적 부자로서 도움 주는 노인이 되고 싶다. 그래서 젊은 사람들이 나도 저렇게 늙고 싶다고 부러워할 수 있으면 좋겠다. 나잇값 제대로 하는 멋진 노인 말이다.

96

'No人'과 'Know人' 사이

세대 간 공감의 갈등이 깊어졌다. 노인 세대들은 요즘 젊은 세대는 공경심이 없고, 펑펑 소비하는 베짱이라 하고, 젊은 세대는 노인들에게 배울 것이 없고, 경제적 부담을 준다고 생각한다. 프랑스 시인 빅토르 위고의 "행복한 노인은 인생의 위대한 예술품이다"라는 말이 생경하다.

미국 미네소타주 의학협회가 내린 노인의 정의는 다음과 같다. △늙었다고 느낀다. △배울 만큼 배웠다고 느낀다. △'이 나이에'라고 말하곤 한다. △내일을 기약할 수 없다고 느낀다. △젊은이들의 활동에 관심이 없다. △듣기보다 말하는 것이 좋다. △좋았던 시절을 그리워한다. 놀랍게도 노인의 정의에 나이는 포함되지 않는다. '진짜 나이'는 자신의 나이에 0.7을 곱해야 한다. 80세는 56세, 50세는 35세인 셈이다.

장 앙리 파브르는 85세에 10권짜리 곤충기를 썼다. 리들리 스콧 감독이 공상과학영화 〈마션〉을 제작할 때의 나이 78세다.

철이 없거나 변화에 무감각한 사람을 철부지(철不知)라고 한다. '철'이란 사시사철 봄, 여름, 가을, 겨울이다. 봄이 오면 밭 갈아 씨뿌리고, 여름에는 땀을 흘려 김을 매고, 가을에는 열매를 수확하고, 겨울에는 월동을 위해 창고에 저장한다. 철이 없는 사람은 땅이 꽁꽁 얼어붙은 엄동설한에 씨를 뿌리려고 들판에 나간다.

노인의 호칭도 두 가지가 있다. 첫 번째는 'No人', 잉여 인간이자 철부지이고, 둘째는 'Know人', 어르신이다. '노인 한 명이 사라지면 도서관 하나가 사라지는 것과 같다'는 아프리카 격언을 꺼내지 않아도 사회 구성에 노인의 역할은 중요하다. 노인이 나이를 먹는다고 현명해지지는 않는다. 배움이 완성되었다고 자만하는 순간, 그 사람의 지성과 인격은 시궁창에 처박히고 만다. 마치 시시포스처럼 끊임없이 바위를 굴려 올리는 존재가 되고 만다. 멈추는 순간, 자전거처럼 우리의 삶도 쓰러진다. 아인슈타인은 말한다. "인생은 자전거를 타는 것과 같다. 균형을 잡으려면 움직여야 한다."

빅토르 위고는 《레미제라블》에서 "주름살과 더불어 품위를 갖추면 경애를 받는다. 행복한 노년에는 말할 수 없는 빛이 있다"고 했다. 프랜시스 베이컨은 "오래된 나무는 불태우기 좋고, 묵은 술은 마시기 좋으며, 오래 사귄 친구는 믿을 수 있어 좋다"라고 했다. 영국 격언에 '경험이 최상의 스승'이라는 말이 있다. 또한 중국 사자성어 '노마지지(老馬之智)'는 경험을 쌓은 사람이 지혜를 갖춘다는 의미이다. 스페인 격언에는 "방 안 창 너머로는 절대 세상을 알 수가 없다. 늙은 원숭이는 덫에 걸리지 않는다"라는 말이 있으며, 우리나라의 속담에도 "늙은 말이 길을 알고, 사냥할 때는 늙은 개가 제일이다"는 말이 있다. 늙음은 쇠퇴가 아니라 원숙함이며 경륜이다. 프랑스의 소설가 앙드레 지드는 "아름답게 죽는 것은 그리 어렵지 않다. 그러나 아름답게 나이를 먹기는 지극히 어려운 일이다"라고 했다. 석양이 지는 아름다운 태양처럼 사라지는 것이 멋진 인생이다. 지는 해는 붉고, 고요함의 광채를 남긴다.

97

만약 인생을 다시 산다면

미국 켄터키주 산골에 살았던 스테어 할머니가 85세 때 쓴 〈만일 내가 인생을 다시 산다면〉은 수많은 독자로부터 선풍적인 공감을 불러일으켰다.

"살아가는 일에 무슨 법칙이나 공식은 없다. 굳이 따져 묻지 말고 지금 이 순간을 소중히 여겨라. 하나의 문이 닫히면 또 하나의 문이 열린다. 세상은 당신의 것. 그러니 더는 고민하지 말고 그냥 재미있게 살아라!"를 주장했다.

노벨상 창설자인 알프레드 노벨은 "나는 무엇으로 기억될 것인가?"라는 물음의 망치가 그의 인생을 송두리째 바꿨다고 한다. 노벨은 다이너마이트 특허권과 제조공장으로 당대 굴지의 기업인이었다. 그런데 형이 죽었다는 사실을 한 신문이 잘못해서, '죽음의 상인, 사망하다'라는 제목의 부음 기사를 내보냈다. 노벨은 자신이 평생 독신으로 고투하며 살아온 삶이 결국 사람들에게 '죽음의 상인'으로 기억된다는 것에 충격을 받고, 인류에게 최고로 가치 있는 상을 만들고자 전 재산을 쏟아부었다.

알렉산더 대왕은 죽기 전 관 밖으로 손을 내밀었다. 많은 영토와 재물이 있어도 죽을 때 빈손으로 간다는 것을 보여주고 싶었기 때문이다. 자신의 영원한 소유는 없다.

나이 들면 아프고, 허약해진다. 노화는 부모로부터 물려받은 유전자에 어느 정도 영향을 미친다. 그보다도 나이를 먹는 방법의 70%가 생활 방식의 선택으로 귀결된다. 올바른 식습관, 충분한 수면, 금연, 절주 및 규칙적인 운동, 꾸준한 사회 활동 등이 건강과 수명에 도움이 된다.

"나는 죽어서 어떻게 될까?" 기독교는 죽음을 오직 영원한 삶의 시작으로 본다. 인도의 다신교는 죽으면 동물이나 다른 사람으로 다시 태어나는데, 어떻게 태어날지는 이번 생의 노력에 달렸다고 믿었다. 중국의 유교는 사람이 죽으면 조상이 되어 후손들을 돌보며, 도교에서는 죽은 자의 나라에 가서 산다. 일본의 민족 종교인 신도(神道)는 사람이 죽어서 황천으로 가거나 신이 된다고 한다. 죽음에 관한 정설은 없다. 죽음에 맞서려면 언제 죽어도 후회 없는 삶을 사는 것이다. 각자의 죽음은 선택과 신념의 문제이며 종교인이 아닌 신앙인이 되는 게 더 중요하다. 복을 구하는 기복신앙이 아닌 죽음에 관한 확고한 신념이 바탕이 되어야 한다. 맹신이 아닌 열린 자세로 진리를 보는 눈이 필요하다. 삶이 있는 한 희망은 있다.

마음속 운명의 별을 찾기 위한 몇 가지 다짐을 한다. 첫째, 걱정을 끊는다. 둘째, 식사량과 음주량을 줄인다. 셋째, 평생 살 것처럼 꿈을 꾸고, 내일 죽을 것처럼 오늘을 산다. 넷째, 운동, 사회적 유대관계, 휴식을 늘린다. 다섯째, 나의 행복을 채우기 전에 다른 사람의 행복을 찾아준다. 여섯째, 걷고, 배우고, 즐기고, 웃는다. 마지막 일곱 번째, 영적 호흡인 신앙과 마음의 근육을 키운다. 인생은 동굴이 아닌 터널이다. 삶을 환경이 아닌 해석으로 봐야 한다. 내가 희망을 버리지 않는다면, 희망은 결코 나를 버리지 않는다.

98

웰빙(Well being), 웰에이징(Well aging), 웰다잉(Well dying)

여든 고령의 석가모니는 대장장이가 공양한 음식 때문에 심한 설사로 죽음에 이르렀다. 그는 울고 있는 제자 아난에게 이렇게 말했다.

"아난아, 울지 마라. 이별이란 우리에게 피할 수 없다. 태어나고 생겨나는 모든 것이 그 자체 안에 사멸한 성질을 품고 있다."

이 말은 오직 주어진 날에 감사하고 담대하게 죽음을 맞이하라는 의미다. 과거의 아쉬움이나 미래의 두려움에서 벗어나 오늘을 놓치지 말라는 조언이다.

웰빙은 육체적·정신적 건강의 조화를 통해 행복하고 아름다운 삶을 추구한다. 마치 물 흐르듯 자연스레 살아가는 창조질서에 적합한 삶이다. 웰에이징은 건강하고 아름답게 나이 들기다. 건강한 생활 습관과 긍정적인 마음 관리로 '청년 노인'을 꿈꾼다. 그리고 웰다잉은 인간으로서의 존엄성과 가치, 품위를 지키며 삶을 마무리하는 것을 의미한다.

9988234(99세까지 팔팔하게 살다가 2~3일 아프다 죽는다)를 바라지만 현실에서는 일어나기 어렵다. 약 80% 노인들이 아프다가 병실에서 죽기 때문이다. 죽음은 끝이 아닌 시작되는 또 다른 길이라는 생각을 가졌으면 한다. 9988보다 사는 동안 얼마나 의미 있는 삶을 사는지가 더 중요하지 않을까?

죽음의 질 지수가 가장 높은 영국 정부는 '웰다잉'의 네 가지 조건을 제시했다. △익숙한 환경에서 △가족, 친구와 함께 △존엄과 존경을 유지한 채 △고통 없이 죽는 것이다.

영국 철학자 버트런드 러셀은 "미래는 젊은 사람을 위한 몫으로 남겨둬야 한다"고 조언했다. 행복하게 늙기가 쉽지 않다. 나이가 들수록 질병, 고독감, 경제적 빈곤, 역할 상실이란 고통이 따르기 때문이다. 특히 대인관계가 중요하다. 나 중심에서 우리를 신뢰하고 존중해야 한다. 미국 카네기멜론 대학에서 조사한 인생에 실패한 이유 중 전문적인 기술이나 지식이 부족한 것은 15%에 불과하였고, 나머지 85%는 잘못된 대인관계였다.

소포클레스가 《클로노스의 에디푸스》를 쓴 것은 80세 때였고, 괴테가 《파우스트》를 완성한 것은 80세가 넘어서였다. 대니얼 드포는 59세에 《로빈슨 크루소》를 썼고, 칸트는 57세에 '순수이성비판'을 발표하였다. 또한 미켈란젤로는 로마의 성 베드로 대성전의 돔을 4년에 걸쳐 70세에 완성했다.

웰빙 인생이란 웰에이징하다가 웰다잉으로 마친다.

99
욕망의 열차

독일 신학자 요르그 징크는 현대인의 조급함을 꼬집었다. 어느 날 한 청년이 사하라 사막을 횡단하였다. 많은 장비와 식수를 준비했지만 그만 길을 잃어 식수가 바닥이 나 버렸다. 그는 '물, 물, 물'을 외치며 기진맥진하여 쓰러졌다. 그가 눈을 떴을 때 눈앞에는 야자수가 보였다. 그는 이제 죽을 때가 되어 환각이 보이는구나, 하고 애써 눈을 감고 있다가 죽음에 이른다. 이튿날 아침, 사막의 베두인이 어린 아들과 함께 오아시스 물을 길으러 갔는데, 입술이 타들어 간 죽은 청년을 발견한다. 그 모습에 너무도 이상했던 아들이 아버지에게 물었다.

"아버지, 이 사람은 왜 물가에서 목말라 죽었을까요?"

그러자 아버지는 "얘야! 죽어있는 이 젊은이가 바로 현대인이란다"라고 했다.

많은 것들을 곁에 두고서도 다 써보지도 못하고 죽어가는 불쌍한 현대인.

어항에 두 마리 물고기가 살았다. 한 마리의 물고기는 생각했다. '어항에 혼자 살면 주인이 주는 먹이를 혼자 먹을 수 있을 텐데….' 어느 날 서로 싸워 물고기 한 마리가 죽었다. 살아남은 물고기는 외쳤다. "이제 나만이 승리자다." 하지만 기쁨도 잠시, 죽은 동료 물고기가 썩어서 어항을 오염시켜 모두 죽게 되었다.

자신을 뒤돌아보자. 심한 경쟁으로 탈진 상태가 되었고, 행복을 곁에 두고도 다른 곳을 헤매며 찾아 나서지 않았는지, 걱정 때문에 오늘을 행복하게 살지 못했는지…. 행운이라는 꽃말의 네 잎 클로버를 찾고자 행복이라는 꽃말의 세 잎 클로버를 밟는 현대인이 되어서는 안 된다. '이것 또한 지나가리.' 행복은 멀리 있지 않다. 지금 바로 당신 옆에!

100

낫씽(Nothing)

미국 네바다주 사막 한복판에서 낡은 트럭을 몰고 가던 멜빈 다마라는 한 젊은이가 허름한 차림의 노인이 걸어가는 모습을 발견하고 급히 차를 세웠다.

"어디까지 가십니까? 제가 태워 드릴게요!"

"고맙소. 젊은이! 라스베이거스까지 가는데 태워다 줄 수 있겠소?"

노인은 낡은 트럭에 올라탔다. 라스베이거스에 도착했을 때, 가난한 노인이라 생각한 멜빈 다마는 25센트를 노인에게 건넸다.

"영감님! 차비에 보태 쓰세요!"

그러자 노인은 다음과 같이 말하고 떠났다.

"명함 한 장 주게나! 고맙네. 내 이 신세는 꼭 갚겠네! 나는 하워드 휴즈라고 하네!"

그 후 세월이 흘러 세계적인 부호 하워드 휴즈 사망 기사와 유언장이 공개되었다. 하워드 휴즈는 영화사, 방송국 등 50개 업체를 소유한 억만장자였다. 놀랍게도 그의 유언장에는 유산 중 16분의 1을 '멜빈 다마'에게 증여한다고 적혀 있었다. 그 당시 하워드 휴즈의 유산은 250억 달러 정도로, 16분의 1은 1억 5,000만 달러가량이었다. 트럭을 태워준 친절이 2천억 원으로 되돌아온 것이다.

하워드 휴즈가 남긴 마지막 말 가운데 'Nothing'은 인생무상이라기보다는 살면서 무엇이 중요한지 깨달았으면 하는 고백이 아니었을까? "베푼 덕은 은혜로 되돌아온다"라는….

맺음말

비교는 그만, 행복할 권리

우리는 정보의 홍수 속에서 살아가지만 정작 마실 생수가 부족하다. 지식은 차고 넘쳐도 지혜는 메말랐고, 상식은 많아도 명석함이 부족하며, 접촉은 늘었어도 공감력은 떨어지고, 만남이 늘어도 소통은 부족하다. 예상치 못한 삶의 변화에 대처하고, 존엄성을 찾기 위해서 비교는 그만하고 아포리즘과 인문학에 길을 묻고 싶다. 아포리즘은 인생의 깊은 체험과 깨달음을 간결하고 압축적으로 전달한다.

인문학은 삶의 의미와 사상, 문화를 성찰하여 현인들의 지혜를 깨닫게 하는 보화와 같다. 인간은 누구나 하늘에서 부여받은 행복할 권리가 있다. 만일 행복하지 못하다면 오롯이 자신의 잘못이다. 삶의 고통과 불행은 그릇된 인간관계와 비교의식에서 나온다. 더 나은 인생으로 발전하기 위해서는 긍정성, 유연성, 적응성, 목적성, 용기가 필요하다.

물질 만능시대, 돈이 물질과 영혼을 조자룡 헌 칼 휘두르듯 사용하는 아쉬움이 남는다. 인간의 모든 행동을 시장 논리로 설명하고 돈으로 해결하려는 인센티브의 사용이 늘어나는 천박한 사회가 되었다. 한 예로 이스라엘의 어린이집에서는 아이를 늦게 데리러 오는 부모들이 많아지자 벌금제도를 도입했다. 초기에는 늦게 데리러 올 때 느꼈던 죄책감으로 늦게 오는 부모의 수가 줄어들었지만, 어느 순간 오히려 늘어난다. 이는 아이를 늦게 데리러 오는 것을 요금 지급하는 서비스로 변질하였기 때문이다. 금전적인 인센티브가 규범을 바꿨다.

돈으로 무엇이든지 할 수 있다는 생각은 오해다. 부자되고, 정상에 오르면 행복할 것이라는 생각도 잘못이다. 같은 상황에 맞닥뜨려도 행복한 사람이 있는가 하면 불행한 사람이 있기 마련이다.

인간다움과 고귀함은 성찰에서 찾을 수 있다. 성찰은 단순한 지식의 덩어리가 아닌 삶의 소신이자, 생명의 양식 그리고 영양소와 같다.

이 책은 '행복할 권리, 사랑할 의무'을 실천한 이야기를 소환했다. 존엄과 위로의 빗물이 대지에 스며들 듯 가슴을 적시고 자양분이 되는 디딤돌이 되었으면 한다. 지적인 사고가 깊어지고 세상과 소통하고 행복해지는 힘을 얻었으면 한다. 바쁜 인생일수록 잠시 멈춰 하늘을 보고, 슬기로운 태도, 현명한 의지를 펼치는 계기가 되길 진심으로 소망한다. 독자 여러분은 이미 승리자다.

불행을 선택하지 말고, 행복을 포기하지 마세요! 희망과 행복의 꽃길이 펼쳐지길 응원합니다.